Ossi Heindl

Karl Klostermann und der Ameisenhaufen

Ein Böhmerwaldkrimi

Ohetaler Verlag

Impressum

„Karl Klostermann und der Ameisenhaufen“
Ein Böhmerwaldkrimi

Autor
Ossi Heindl

Layout
Hans Schopf

Umschlaggestaltung und Druck
EUROVERLAG GmbH

Herausgeber
Ohetaler Verlag
Kühbergweg 28 • 94566 Riedlhütte
www.ohetaler-verlag.de
info@ohetaler-verlag.de
Tel. 08553/9788870
in Zusammenarbeit mit
Verein „Karl Klostermannverein – Dichter des Böhmerwaldes e. V.“
Rosenauerstrasse 5 • 94481 Grafenau

ISBN 978-3-95511-014-7

Max Esterl, pensionierter Kriminalbeamter, will eigentlich nur seine Ruhe haben, hin und wieder Schafkopf spielen, die Abgeschiedenheit des Bayerischen Waldes genießen und abends die Romane des Böhmerwalddichters Karl Klostermann lesen.

Dann aber wird Max Esterl samt seiner Frau Eva, einer Deutschlehrerin, in einen rätselhaften Fall hineingezogen. Mit Hilfe von Freunden und der Literatur versucht Max Esterl, diesen Fall zu lösen.

Inhaltsverzeichnis

Prolog

Ein fürchterliches Wintergewitter tobte in der Nacht vom 22. auf den 23. Februar 1856 über dem Schloss und Glashüttengut Ludwigsthal nahe Zwiesel im Bayerischen Wald.

Wenzl Weber, der alte Hüttenmeister der Ludwigsthaler Glashütte spannte ein Pferd vor den Schlitten, auf dem die wertvolle Last lag, festgezurrt, in Decken gewickelt. Niemand durfte etwas merken, niemand durfte den Hüttenmeister sehen, sonst war alles verloren. Wenzl Weber glaubte nicht, dass der böhmische Doktor aus Schüttenhofen, nach dem man in der Not geschickt hatte, und der nun schon seit zwei Stunden am Krankenbett der Gnädigen Frau weilte, noch etwas ausrichten konnte. „Es ist zu spät", hatte sie selbst zum Dr. Klostermann gesagt, „es ist zu spät".

Darum war es jetzt so wichtig, dass er unbemerkt davonkam. Wenn er erst einmal draußen war, so wusste Wenzl, würde ihm niemand mehr folgen, das Unwetter war gerade recht gekommen. Und der Herr – Wenzl konnte sich immer noch nicht daran gewöhnen, dieses Ungeheuer in Menschengestalt „Herr" zu nennen – der

Herr würde es vorziehen, im Bett bei irgendeiner seiner Schlampen zu liegen und seine Frau noch in ihrer Todesnacht zu betrügen, so wie er das in unzähligen Nächten zuvor schon getan hatte.

Wenzl Weber machte vorsichtig die Stalltür auf, deren Knarzen aber zum Glück der Sturm übertönte. Schnell hatte das Schneetreiben ihn und das Pferd verschluckt. Jetzt musste er nur noch den Weg nach Rabenstein finden. Dann waren wenigstens der Schmuck und das Bargeld gerettet. Dem alten Mann liefen die Tränen in seinen grauen Bart. Sie vermischten sich mit den stechend scharfen Schneekörnern, die ihm der Wintersturm ins Gesicht trieb.

„Trotzdem ist alles verloren", schluchzte er, „alles ist verloren". Der Sturm orgelte so laut, dass nicht einmal er selbst seine Worte hören konnte.

Max Esterl geht zum Stammtisch

„Kruminale", hat Max Esterl in seinen Bart gebrummt, den er seit drei Jahrzehnten trug. Alle drei Wochen kurz schneiden, das war besser als täglich rasieren. Vor dreißig Jahren, als Max Esterl noch Polizeiuniform getragen hatte, war der Bart schwarz gewesen, „schwarzbraun wie die Haselnuss". Heute war der Bart grau und Max seit zwei Wochen pensioniert. Kriminalhauptkommissar a. D.. Seinen Beruf hatte er gern gehabt, er war auch ziemlich erfolgreich gewesen in der Stadt. Einige der Münchner Kriminellen hatten aufgeatmet, als Max verabschiedet wurde. Hatte zumindest der Kriminaldirektor Loderer zur Verabschiedung von Max gesagt. Der und der Polizeipräsident und das ganze Drumherum. Kannst dir nichts kaufen davon. Weg mit den Erinnerungen – jetzt ist eine neue Zeit.

Max war nach seiner Pensionierung zurückgekehrt in die Gegend, in der er aufgewachsen war und seine Jugend verbracht hatte, in den Bayerischen Wald.

Oft war er in München wegen seiner Herkunft verspottet und gehänselt worden: Er, der Waldler. In den Anfangsjahren seiner Großstadtzeit, als auch in München noch einigermaßen Bairisch gesprochen wurde, fiel sein breiter Bayerwalddialekt noch gar nicht so auf, obwohl Max niemals eingefallen wäre, seine Herkunft zu verleugnen. Er, der Waldler, war sogar ein wenig stolz darauf, nicht so zu reden, wie die überheblichen Münchner oder die auch von sich eingenommenen

Oberbayern. „Wou?", hatte Max immer noch gefragt, wenn er den Tatort wissen wollte.

In den letzten Jahren, als alle Jüngeren nur noch Hochdeutsch sprechen konnten, oder was sie dafür hielten, hatte Max den Ruf eines kauzigen aber kompetenten Originals bekommen. „Verstehen tu ich ihn nicht", hatte ein junger Kollege mal über ihn gesagt, „aber er hat recht!"

„Kruminale", hat Max also gebrummelt, sein Lieblingsschimpfwort und gleich nochmals „Kruminale". Jetzt hat er sich so gefreut aufs Schwammerlsuchen und Wandern! Kaum ist er daheim, da sperren ihm die Nationalparkheinis seinen Lieblingsweg. „Hier stehts, im Dschungelboten." Er feuerte den Bayerwaldboten, seine Heimatzeitung, die er sich während all der Jahre nach München hat schicken lassen, um den Kontakt nicht zu verlieren und mit den Todesanzeigen auf dem Laufenden zu sein auf den Tisch, dass das Kaffeegeschirr klirrte.

Genau der Weg vom Zwieseler Waldhaus über die Steinbachfälle zum Kleinen Falkenstein, den er jedes Mal gegangen ist, wenn er im Urlaub oder am Wochenende daheim war, genau der Weg, der so einmalig schön ist, weil du vom Kleinen Falkenstein aus eine prima Aussicht hast, ins Böhmische, dann hinüber zum Arber, hinunter nach Zwiesel, zum Rachel… .

Seine Frau, die Eva behauptete zwar, die Aussicht, die dem Max am meisten bedeutete, sei die auf den Biergarten im Zwieseler Waldhaus. Max bestritt das und hatte sogar das Gefühl, dass ihm da ein wenig unrecht getan wurde. Trotzdem konnte er am Biergarten nicht vorbeigehen, ohne eine Halbe zu zischen.

„Kruminale, wer hat ihnen denn diese Schnapsidee eingegeben? Pausenlos spekulieren sie, was sie uns wieder für unsinnige Auflagen machen können, die Nationalparknarrn!“ Das Verhältnis von Max zum Nationalpark war, wie das der meisten seiner An- oder Inwohner, nicht ganz ungetrübt.

Natürlich sah er ein, dass es Nationalparks geben sollte, manche waren sogar dringend notwendig – in Afrika, Südamerika, auch im Wattenmeer – das hatte er selber gesehen, als ihn seine Frau zu einem Urlaub auf der Insel Föhr überredet hatte, alles einwandfrei! Aber musste das unbedingt bei uns sein: den Weg über die Steinbachfälle sperren, seinen Weg!

„Wenn´s so weitermachen, dann geh i auch noch zur Bürgerbewegung gegen den Nationalpark, glaubst as, die bringen mich noch so weit, Kruminale.“

Der Bürgerbewegung gegen den Nationalpark hatte Max Esterl ebenso wenig abgewinnen können wie dem Nationalpark selber. Den Schreckensvisionen von den toten Landschaften, die der Nationalpark durch seine „Natur Natur sein lassen“ – Politik angeblich hinterlassen werde, glaubte Max ebenso wenig wie den Schönfärbereien der Nationalparkverwaltung.

Dazu war er zu sehr Realist: „Die Natur hilft sich schon selber, die braucht den Menschen nicht. Aber der Mensch muss halt auch noch an Platz haben in der Natur. Und nicht immer ausgesperrt werden!“

Damit war der Zornausbruch beendet. Das Frühstück aber war dem Max verdorben.

Gerade darauf hatte er sich vor seiner Pensionierung so sehr gefreut. Max war Frühaufsteher. Am Morgen mit dem Fahrrad zum Bäcker, zwei Mohnsemmerl und zwei Brezen für sich und seine Eva, drei Minuten heimgeradelt – und dann das Urlaubsfeeling! Kaffee von der in Zwiesel seit einiger Zeit ansässigen Kleinrösterei und dazu in aller Ruhe die Zeitung lesen. Das war ein Luxus, den Max Esterl in den Jahrzehnten seines Berufslebens vermisst hatte. Und dann diese Nachricht:

WEG ZUM FALKENSTEIN ÜBER DIE STEINBACHFÄLLE IN ZUKUNFT GESPERRT?

„Immerhin steht da noch ein Fragezeichen dahinter."

Seine Frau Eva hatte dem Max über die Schulter geschaut. „Dann ist ja noch nicht alles endgültig."

Das war wieder typisch für Eva. Sie war Deutschlehrerin. An einem Münchner Gymnasium, nein, ab nächster Woche in Zwiesel. Ein wenig Bammel hatte sie schon vor den Waldlerkindern. „Ob ich sie überhaupt verstehe?"

„Verstehst ja mi aa."

„Ob die richtig Deutsch können mit ihrem Dialekt, das muss doch eine Heidenarbeit sein, denen das beizubringen."

„Mach dir da keine Sorgen, mir haben sie´s ja auch beigebracht, an dem gleichen Gymnasium, die Kinder da sind auch nicht dümmer als die in München, im Gegenteil: braver sind´s und anständiger. Und die Eltern sind nicht so überanspruchsvoll, dass sie gleich prozessiern wollen, wenn ihr Kind einen Dreier in Deutsch hat. Weil dann die Karriere in Gefahr ist."

„Ja, hast ja recht", lenkte Eva ein. Eva war einige Jahre jünger als Max. Ihre Offenheit und ihre zugewandte Art hatten Max schon bei ihrer ersten Begegnung angezogen, damals vor fast zwanzig Jahren, als er die attraktive junge Studienrätin für Deutsch und Geschichte als Zeugin in einer Vergewaltigungsgeschichte zu vernehmen hatte.

Einer ihrer Schüler war zu Unrecht verdächtigt worden und Eva hatte den Max mit ihrer genauen Beobachtungsgabe auf die richtige Spur gebracht. Aus den dienstlichen waren schließlich private Treffen geworden und die beiden heirateten nach zwei Jahren.

Kinder hatten sie keine, aber eine Nichte von Eva, Anna, hatten sie praktisch groß gezogen, da deren Mutter, Evas Schwester und ihr Mann bei einem tragischen Unfall ums Leben gekommen waren. Anna studierte seit zwei Semestern in Berlin, so dass dem Umzug von Max und Eva in den Bayerischen Wald nichts im Wege gestanden hatte.

Obwohl sie ein echtes Münchner Kindl war, hatte Eva sich angewöhnt, auch im privaten Umfeld Hochdeutsch zu sprechen. „Berufliche Deformation", nannte Max das. „Das Umfeld prägt dich."

„Na, hoffentlich deformiert dich dein Umfeld nicht", hatte Eva damals lachend erwidert. „Mit einem Gangster möchte ich nicht verheiratet sein."

In dieser Beziehung aber bestand keine Gefahr. Max hatte zwar in den Jahren gelernt, wie ein Gangster zu denken, das machte einen Teil seiner beachtlichen beruflichen Erfolge bei der Münchner Kripo aus, aber privat war er der geblieben, der er immer gewesen war:

Ein bescheidener, umgänglicher Mensch, der gerne in Gesellschaft war, der nicht so krachledern war, wie sich Eva in ihren Klischeebildern einen Bayerwaldbewohner vorgestellt hatte, der sich aber viel von seiner Ursprünglichkeit bewahrt hatte. Das liebte Eva immer noch an ihrem Max: Er war eben ein Waldler.

„Pass auf, de setzen das durch mit der Sperrung. Der Nationalpark hat sich noch nie was um d´Leut geschissen. De Besucher werden gelenkt und zum Narren gehalten. „Besucherlenkung“– Kann ein Auto mitreden, wenn´s gelenkt wird? Ich bin keine Maschin und i mag nicht gelenkt werden. Ob ich nicht doch zur Bewegung gegen den Nationalpark geh?“

„Er ist eben ein Waldler“, seufzte Eva innerlich. Trotz seiner Umgänglichkeit entdeckte sie manchmal auch eine gewisse Sturheit bei Max.

„Hoffentlich verstärkt sich das bei dir nicht im Alter“, sagte Eva.

„Was meinst jetzt damit?“, fragte Max nach, und da er auf diese Frage keine Antwort bekam, war für ihn die Diskussion abgeschlossen, das Frühstück beendet. Selbst der frisch geröstete Kaffee hatte ein wenig bitter geschmeckt.

Über die Steinbachfälle, hatte Max beschlossen, muss ich unbedingt die nächsten Tage gehen, Kruminale, bevor´s den Weg sperren.

Doch diese Woche bot sich keine Gelegenheit mehr dazu.

Einen Abend hatte Max zum Schafkopfspielen gemusst – ins Bräustüberl – alte Freunde von ihm hatten ihn in ihre Runde aufgenommen und der Max hatte begeistert zugesagt. „A bisserl a Hirntraining ist ganz wichtig im Alter", hatte er zu seiner Frau gesagt. „Die 5 Halbe Bier, die du dabei trinkst, bewirken aber in deinem Hirn eher das Gegenteil", hatte Eva spitz angemerkt.

Wie so häufig hatte sie recht.

Aber das Schafkopfen war eben für Max mehr als ein Gehirntraining. Im Spielen konnte er die Welt um sich herum vergessen. Dabei kam es ihm gar nicht aufs Gewinnen an. Die Runde, so konnte er sich erinnern, spielte noch fast um die gleichen „Billigtarife" wie vor vielen Jahrzehnten, während ihrer gemeinsamen Gymnasialzeit. Nur in Cent und Euro jetzt.

Es kam beim Schafkopf auch darauf an, den Gegner auszuspionieren, ihn zu täuschen, ihn auszumanövrieren, mit dem Freund zu harmonieren, die Züge des Gegners vorauszuahnen, am Schluss aufzutrumpfen, zu gewinnen und wenn es mit 61 Augen war oder zumindest die Niederlage in Grenzen zu halten. Schneider aus!

Max dachte an seinen Beruf: War es da nicht genau so gewesen? 61 Augen, knapp über die Hälfte: das war ein

Indizienbeweis gewesen, mit dem man einen Täter so eben noch überführen konnte. Mit einem Geständnis hatte man die anderen „geschneidert". Und die Niederlagen? Einige waren schmerzhaft gewesen für Max, er hatte wohl vieles zu persönlich genommen….

„Alles klar, Herr Kommissar ?" Einer der Mitspieler, Lateinlehrer am Gymnasium und alter Freund aus früheren Tagen, riss Max aus seinen Gedanken. Johann war immer darauf bedacht, das Spiel vorwärts zu treiben, Pausen mochte er gar nicht, das schmälerte seine Gewinne.

Seit mehreren Runden hatte Max kein Spiel mehr gewonnen. Das lag nicht einmal so sehr an seiner schlechten Karte, als vielmehr an seiner Unkonzentriertheit. Zwei Mal hatte er es versäumt, dem Freund rechtzeitig zu Schmieren und beide Male war er auf seinen Augen sitzen geblieben. „Auf deinen Augen sitzen bleiben", hörte Max seine Frau, die Deutschlehrerin lästern, „das gibt es auch nur im hinteren Wald."

„Wird's bald, oder möchst da herin im Bräustüberl schlafen?", wurde Max erneut vom Lateinlehrer ermahnt. „Du gibst." Max hatte den Eindruck, dass er schon zum zweiten Mal hintereinander als Geber fungieren sollte. Mischen und austeilen, das machte hier keiner gerne, man hatte sich ja zum Spielen getroffen.

„Ich nicht", machte Max den schwachen Versuch und schob die Karten , die die Mitspieler demonstrativ vor ihn auf den Tisch geworfen hatten, mit beiden Händen in die Mitte ,"i hab eh erst gegeben, das gibt's nicht, dass ich schon wieder dran bin." „Ja, genau du", mischte sich jetzt der Heiner ein, auch ein Freund aus alten Jugendzeiten.

Und als kurz vor der Pension stehender Finanzbeamter so etwas wie die Zähl- und Zahlinstanz dieser Runde. Wenn ER rechnete und zählte, dann stimmte alles. Schafkopfen war ein Rechen- und Zählspiel, viele behaupteten, es heiße eigentlich „SCHAFF-KOPF".

Randale

Im Kopf vom Max aber hatte sich der Zeitungsartikel von den Steinbachfällen festgefressen. Das ließ nur noch wenig Speicherraum für die Rechnerei und die Zählerei und noch weniger für Phantasie und Spielwitz. Das wirklich Interessante am Schafkopfen ist nämlich:

Die sture Zählerei allein hilft dir nichts. Du musst taktieren, die Gegner beobachten, auf den Freund, den Mitspieler eingehen, manchmal auch was riskieren – zur richtigen Zeit allerdings – die gute Nase haben, die den Braten riecht, ein Hirnkastl besser als ein Computer, das sofort genau einschätzt : Gewinnchancen 50%. Und dann, wenn du alles richtig taxiert hast, dann brauchst du noch Glück, aber nicht mehr viel.

Wenn der Max mit einem höheren Gewinn vom Wirtshaus heimkam, dann war das natürlich, wie er seiner Frau immer wieder erklärte, seiner hohen Spielkunst zu danken gewesen, wenn er verloren hatte, dann hatte ihm das Pech an den Fingern geklebt.

„In Straubing, hab ich gelesen, haben´s letzte Woche einen beerdigt, der hat sich zu Tode gemischt", hörte Max den Vierten der Runde lästern, den Förster Emil. Emil und Max hatten in ihrer Jugendzeit gemeinsam Fußball gespielt, seitdem schätzte der Max den Förster sehr . Besonders schätzte er an ihm, dass dieser alle Wege und Steige im Wald kannte, für seine Tipps war Max immer dankbar. Ganz besonders schätzte Max allerdings das Wild, mit dem ihn Emil hin und wieder versorgte. Eva war immer ganz versöhnt, wenn Max vom Wirtshaus nicht nur ein saftiges Räuscherl, sondern auch einen saftigen Rehschlegel mit nach Hause brachte… .

Tatsächlich. Max merkte, dass er schon eine Ewigkeit beim Mischen war. „Das wird eine Sondermischung", versuchte sich der Geber für seine erneute Unkonzentriertheit zu entschuldigen, „ihr werdet sehen."

„I heb ab und nachher gibst endlich aus", drängte Heiner, der Tischnachbar vom Max.

„Kruminale, die Karten picken schon wieder", brummelte der Geber, als er dem Johann fast um eine Karte zuviel gegeben hätte, „glaubst as na, weil uns der Wirt immer das Reklameglump statt der guten Karten gibt."

Rudi, der Bräustüberlwirt, der am Nebentisch bei einer Halbe Bier die Sportberichte im Dschungelboten studierte, schaute kurz von seiner Lektüre auf. „ Jeder kriegt das Spielgerät, das zu seiner Spielkunst passt."

„Da hast du´s", trumpfte der Lateinlehrer auf. Dann müsst ja ich Leinenkarten mit Golddruck kriegen, für euch würde das Glump ja langen."

Inzwischen hatte der Max alle 32 Karten verteilt und er machte sich daran, sein eigenes Blatt aufzuklauben.

„So ein Zeug gibt mir der", maulte der Lateinlehrer. „Nihil – für euch Nichtlateiner: Nix!"

Schon zu seinen aktiven Lehrerzeiten hatte Johann sich angewöhnt, die Menschheit in Lateiner und Nichtlateiner einzuteilen. „Ich sag jetzt schon weiter", ließ er das Spielrecht an sich vorbeigehen. „Ich auch", brummte Heiner, der zweite in der Reihenfolge. „Und ich mach´s auch net enger“, ließ sich der Förster vernehmen.

„Dann muss ja ich was haben“. Während Max die Karten langsam aufklaubte, hob sich seine Stimmung zusehends: der Alte, der Rote, die Grassau und der Graszehner in der ersten Hand.

„Ausbaufähig, durchaus ausbaufähig“, dachte Max. „Jetzt ganz langsam die zweite Hand nehmen, damit sich das Blatt nicht schreckt. Eichelunter, Grasneuner, das passt noch“, in Zeitlupe wendete Max die Karten: „Schellnsau, jetzt wird’s knapp.“ Das Spielfieber hatte Max ergriffen, er nahm noch einen kräftigen Schluck Bier, dann die letzte Karte: Der Blaue!

Das wird ein schönes Solo, bestimmt mit Schneider, das muss er auskosten, das erste heute Abend.

„Spiel!“, ruft Max, jetzt plötzlich gut aufgelegt und konzentriert. „Grün Solo.“

„Grün ist gern hin“, vernimmt Max noch, da gibt es einen Riesenkrach in der kleinen Wirtsstube. Max hört ein Glas splittern, die Karten noch in der Hand dreht er sich um zum Stammtisch, von dem das Geräusch gekommen ist.

Der Stammtisch, ein alter Wirtshaustisch mit einer schönen Ahornplatte, wird gerade umgeworfen.

Alle Stammtischler sind aufgesprungen und versuchen ihre vollen oder halbvollen Biergläser zu retten, um erst dann sich selber in Sicherheit zu bringen. Prioritäten setzen, so hat man das dem Max auch schon als jungem Kriminalbeamten eingeprägt: Erst Leben retten, dann die Sachwerte. Hier funktionierte das ganz gut. Allerdings schienen die Gäste etwas in der Reihenfolge durcheinander gebracht zu haben.

Ein kräftiger, etwa dreißigjähriger Mann, den Max nicht kannte, der ihm bei seinen paar Besuchen im Bräustüberl auch noch nicht aufgefallen war, hatte den Aufruhr verursacht.

Er hatte mit Bärenkräften den Stammtisch bis fast in die Mitte des Lokals geschleudert, der Fußboden war voller Scherben, Bierlachen hatten sich gebildet, alle Gäste waren aufgesprungen. Rudi, der Wirt und einer der Stammtischbrüder hatten sich an den erkennbar betrunkenen Randalierer gehängt und versuchten ihn zu beruhigen.

„Mir reicht´s", schrie dieser, immer wieder „mir reicht´s, reicht´s". Speichel rann ihm aus dem offenen Mund, sein vierkantiges Gesicht war verzerrt vom Zorn und wohl auch vom Alkohol, seine rechte Hand bis hinauf zum Arm blutete ziemlich stark, anscheinend hatte er sich an einem der zerbrechenden Gläser geschnitten, aber er schien den äußerlichen Schmerz nicht zu spüren, sein innerer war offensichtlich größer. Irgendwie, so fand Max, sah der Bursche jetzt aber eher verzweifelt als zornig aus. Tränen flossen ihm über die Backen, der Bursche versuchte diese abzuwischen und verschmierte so das Blut, das von seiner Handverletzung herrührte, über sein ganzes Gesicht.

„Jetzt gib Ruhe", redete ihm der gut zwei Köpfe kleinere Wirt zu, „mir langt´s auch oft und ich zerhau nicht jedes Mal mein Wirtshaus in Scherben".

„Uns langt´s auch“, hatten die Spielpartner von Max beschlossen, seinen Protest wegen des nicht ausgespielten Solos ignorierend. „Jiří, zahlen“, hatte man dem flinken tschechischen Kellner zugerufen, der nun schon seit vielen Jahren hier bediente, dessen Bairisch, wenn man seinen leichten böhmischen Akzent überhörte, fast so gut war wie das der Stammtischbrüder und der täglich die über hundert Kilometer von Budweis nach Zwiesel pendelte.

„Nachts um halb zwei im Winter durch den Böhmerwald, Respekt“, hatte sich Max oft gedacht und: “Wie kann sich das lohnen? So üppig sind die Trinkgelder nicht im Bräustüberl, die Leute, die da herkommen, haben doch häufig selber nicht zuviel und manchen schmeckt das Bier so sehr, dass sie bestimmt am Monatsende nicht mehr ins Wirtshaus können, weil kein Geld mehr da ist.“

Jiří, spindeldürr und groß gewachsen, hatte sich sofort nach Beginn des Krawalls hinter die Theke geflüchtet. Jetzt, da der Spuk zu Ende war, kam er hinter dem Tresen hervor und beeilte sich, die Stammtischbrüder abzukassieren, deren Bierdeckel natürlich verloren gegangen waren.

Keiner konnte sich mehr so richtig erinnern, was er getrunken hatte.

„Schreib´s auf meine Rechnung“, sagte zum Erstaunen der anderen der wieder friedlich gewordene Verursacher des ganzen Chaos. Rudi, der Wirt, stützte ihn, er hatte ihm den Arm inzwischen notdürftig mit

Geschirrspültüchern verbunden, die aber schon ziemlich blutdurchtränkt waren.

„Dir ruf ich jetzt ein Taxi, das soll dich ins Krankenhaus fahren, die Sache muss genäht werden.“ Rudi ließ dem Verletzten keine Zeit zur Widerrede. „Morgen kommst und erledigst das mit dem Bezahlen, das kommt dich eh teuer.“

Geld schien bei dem Unbekannten kein großes Problem zu sein, denn ohne Worte zog er mit der gesunden Hand seinen Geldbeutel aus der Gesäßtasche, öffnete ihn und nestelte aus einem dicken Geldbündel zwei Hunderter heraus. „Wird schon langen und wenn nicht: ich komm morgen, dann kriegst den Rest.“

Max war erstaunt über die Wendung. Selten war ihm in seinem Berufsleben jemand begegnet, der sich so schnell wieder beruhigen ließ. Meistens hatten sie solche Kunden arretieren müssen und oft hatten diese noch lange getobt. Erst wenn der Rausch nachgelassen hatte, waren sie wieder einigermaßen vernünftig geworden. Der hier war anders.

„Kennt ihr den?“, fragte Max seine Schafkopffreunde und im selben Moment fiel ihm wieder ein, dass er ja ein wunderbares Blatt gehabt hatte, bevor die Gaudi losging, mit einem Grassolo – unverlierbar!

„Ihr seid Hammeln!“, rief Max seinen Spielkameraden zu, denn die hatten ja, gleich zu Beginn des Aufruhrs, ihre Karten zusammengeworfen, während Max sein wunderbares Blatt krampfhaft festgehalten hatte. An ein Weiterspielen war nicht mehr zu denken und so hatte auch Max – mit einem tiefen Seufzer – seine Karten auf den Tisch geworfen.

Jiří hatte abkassiert und die Freunde verließen das Bräustüberl viel früher und nüchterner als sie es gewohnt waren. „Eigentlich ist das ganz gut", dachte Max auf dem Heimweg durch die nachtleeren Straßen der Stadt, „dann geh ich morgen in aller Früh den Weg über die Steinbachfälle."

Seine Frau schlief schon, als Max heimkam und noch beim Einschlafen dachte er an die sonderbare Szene, die er heute Abend miterlebt hatte. „Muss ich nächstes Mal den Rudi, den Wirt fragen, was das für ein Typ ist, der Gachzornige… ."

Hosentürl und Mund sind offen

„Eva, der Wecker, Zeit zum Aufstehen!“ Wie meistens hatte Max Esterl schon seit geraumer Zeit wach gelegen. Bis halb sechs, länger konnte der Ex-Kommissar nicht schlafen. Früher, in seiner Dienstzeit, hatte er diese Angewohnheit als unangenehm empfunden, der Schlaf, den er so gut brauchen konnte, wurde ihm geraubt und so sehr er sich mühte, wieder einzuschlafen, es ging und ging nicht. Nach und nach aber konnte er seinem frühen Wachsein sogar etwas abgewinnen, sein Denken war scharf in dieser Morgenstunde und so mancher Fall, den Max bearbeitete, hatte plötzlich Konturen angenommen, war einsehbar, durchschaubar geworden.

Jetzt, als Pensionist, genoss Max diese Stunde wirklich: Nichts zwang ihn dazu aufzustehen, er konnte sich nach dem Frühstück, das er, auch aus alter Gewohnheit, noch immer für sich und für Eva zubereitete, wieder hinlegen, wenn er wollte.

Nur: die Themen, die Max sonst zwischen Schlaf und Wachsein gewälzt hatte, die fehlten. Keine Fragen nach den Abgründen von Verbrechen mehr, stattdessen die Entscheidung, ob er an diesem Tag im Garten arbeiten oder lieber Schwammerl suchen sollte. Heute allerdings war es wieder wie früher gewesen. Ein ums andere Mal war dem Max die Szene im Bräustüberl durch den Kopf gegangen.

Warum war der Unbekannte so verzweifelt gewesen? Wieso hatte er sich dann auch wieder so schnell beruhigen lassen? Und woher hatte er soviel Geld? Max spürte, dass sein Jagdinstinkt erwachte, seine Vernunft sagte aber etwas anderes als sein Instinkt: was ging ihn das an, was reimte er sich da alles zusammen, warum konnte er das Ganze nicht als das abtun, was es sicher gewesen war: als ganz harmlose Wirtshausgeschichte?

Aus diesen Gedanken hatten ihn die Weckergeräusche gerissen.

„Ja, ja, ich steh gleich auf", hatte Eva gemurmelt und sich nochmals umgedreht. Sie hatte einen beneidenswerten Schlaf. Wenn die Schule nicht gewesen wäre… .

Sofort nachdem Eva aus dem Haus war, packte Max seine Wandersachen zusammen, seine alte Cordhose, ein leichtes T-Shirt, eines zum Wechseln in den kleinen Rucksack, die Stöcke, die ihm beim Bergabgehen die kaputten Hüftknochen entlasten sollten und eine Flasche Bier vom Pfefferbräu. Seit die auch ein leichteres Bier brauten war das für Max eine würzige Alternative zum Wasser. Sogar in die Bierstadt München hatte er sich regelmäßig die Erzeugnisse seiner Heimatbrauerei geholt. „Die kleinen Brauereien, die arbeiten noch anders als eure Bierfabriken", hatte Max sich gegenüber seinen spöttelnden Kollegen verteidigt. „Den internationalen Einheitsplempel sauf ich nicht, Kruminale!" Und tatsächlich hatte Max beim einen oder anderen an seiner Dienststelle einen Bewußtseinswandel bewirkt. Bei seiner Verabschiedung hatten jedenfalls alle dazu beigetragen, dass von dem Hundertliterfass aus dem Bayerwald kein Tropfen mehr übrig geblieben war. Und keiner hatte sich beschwert.

Vor lauter Sinnieren hätte Max beinahe vergessen, die Bergschuhe in den Kofferraum zu geben, die Bergschuhe, die ihn schon auf alle Bayer- und Böhmerwaldberge begleitet hatten.

Auf der Autofahrt zum Zwieseler Waldhaus, dem Ausgangspunkt für viele seiner Wanderungen, begann Max schon vergnügt vor sich hin zu pfeifen. Die B 11 führte, am Großen Regenfluss entlang zum früheren Glasmacherort Ludwigsthal. Um das stattliche Herrenhaus, das einmal der berühmten Glasmacherdynastie Abele gehört hatte, machte die Strasse einen großen Bogen, vorbei an der früheren Glashütte, deren größter Teil vor Jahren dem Erdboden gleichgemacht worden war.

Jedes Mal, wenn er am Herrenhaus vorbeifuhr, das seit einigen Jahren restauriert wurde und bald wieder im alten Glanz dastehen würde, musste Max an eine geheimnisvolle Geschichte denken, die sich vor über 150 Jahren hier abgespielt hatte und die ihn immer wieder beschäftigt hatte. Diese Geschichte vom „Vollendeten Kavalier“ hatte der große Böhmerwalddichter Karl Klostermann einst in so eindringlichen Sätzen geschildert, dass selbst dem abgebrühten Kriminaler Max Esterl beim Lesen die Gänsehaut über den Rücken gelaufen war.

An so einem schönen Vormittag aber wollte Kriminalkommissar a.D. Max Esterl nichts aufkommen lassen, was ihn an früher, an das Verbrechen erinnerte.

Schon auf Höhe der Ludwigsthaler Kirche, einem Kleinod der Neuromanik dachte Max an etwas anderes: „Da bin ich auch schon lang nicht mehr reingekommen".

Gleich zu Beginn seines Rentnerdaseins hatte Max sich vorgenommen, alle Orte und Plätze seiner alten Heimat aufzusuchen, die ihm am Herzen lagen, aber das war gar nicht so einfach. Stress wollte sich Max, jetzt da er frei von Zwängen und beruflichen Terminen war, nicht machen – schon gar keinen Freizeitstress.

„Muss sie halt warten, die Kirche", murmelte Max vor sich hin. Genauso wie die Klostermann-Geschichte, deren Hintergründe den Exkriminaler schon zum Nachforschen gereizt hätten.

Es kamen ja noch die langen Bayerwaldwinterabende. Wenn es draußen stürmte und wachelte, dann war die Zeit zum Lesen gekommen. Ein ganzes Regal voller ungehobener Leseschätze wartete auf Max. Immer wieder hatte er, der schon in seiner Kindheit Bücher geliebt und geradezu verschlungen hatte, der Versuchung in den Buchhandlungen nicht widerstehen können und gekauft. Gelesen hatte Max davon nur die Hälfte. Alles andere musste warten.

Max war wieder so mit seinen Gedanken beschäftigt, dass er fast die Abzweigung nach rechts, zum Zwieseler Waldhaus verpasst hätte.

Der Parkplatz neben dem Biergarten des Gasthofs Zwieseler Waldhaus war fast leer, obwohl so ein schöner Tag war.

„Zu früh", dachte Max, „die Touristen sitzen um diese Zeit noch in ihren Hotels und Pensionen beim Frühstück und die Einheimischen, wenn sie nicht gerade Pensionisten sind, die arbeiten."

Max überkam ein Gefühl der Zufriedenheit. Er musste nicht mehr arbeiten. Er konnte es sich leisten, jetzt, am frühen Vormittag loszugehen. Und wieder bemerkte Max, dass er ein Lied vor sich hinpfiff.

Im Biergarten des Gasthofs, an dem Max vorbei musste, war natürlich auch noch nichts los um diese frühe Stunde, die Tische unter den ausladenden Kastanienbäumen, deren Laub sich langsam färbte, waren noch nicht gedeckt. Erst zum Mittag würden sich Gäste einfinden, wenn Max wieder zurück kam.

Der Weg führte ein kurzes Stück den Steinbach aufwärts und kreuzte dann einen anderen Wanderweg, der über das Ferdinandsthal an die tschechische Grenze und dort weiter nach Böhmisch Eisenstein führte. Vor Jahrhunderten war dies der „Böhmweg" gewesen, die Handelsstrasse nach Böhmen.

Wenn er diesen Weg ging, dachte Max immer daran, wie es wohl gewesen sein könnte, vor Jahrhunderten, als sich die Salzsäumer mit ihren Fuhrwerken über die Berge quälten, mit ihrer kostbaren Fracht, Fässern voll mit Salz, dem weißen Gold, die sie an der Donau draußen aufgenommen hatten und die sie nach Prag zu transportieren hatten, bei Wind und Wetter, Regen und Schnee.

Wenn Max sich einen Blick in die Vergangenheit genehmigen hätte können, dann hätte er ihn hierher geworfen in die letzte Station vor der Grenze, er hätte zugeschaut, wie die Rösser gewechselt wurden, die Zölle abgerechnet, ein letztes bayerisches Bier getrunken und vielleicht auch in der alten Herberge übernachtet wurde, hätte den Flüchen der Fuhrleute beim Aus- und Einspannen gelauscht.

„Ob die viel anders geredet haben wie wir?" Immer wieder stellte Max diese Frage seiner Frau, die ja in ihrem Germanistikstudium auch Mittelhochdeutsch gelernt hatte, die Sprache, mit der sich unsere Vorfahren vor Jahrhunderten verständigten. „Einen ihrer Befehle würdest du auf alle Fälle verstehen", hatte seine Frau einmal lachend geantwortet. „Bis heute rufen die Bayern ihren Pferden das Wort „Wister" zu, wenn sie nach links wollen. Dieser Ausdruck ist mindestens seit dem Mittelalter bezeugt."

Schon wieder wurde der Max aus seinen Gedanken gerissen. Diesmal durch einen ganz gewöhnlichen Druck auf der Blase. Der Kaffee meldete sich und Max beeilte sich, hinter einem der meterdicken Urwaldriesen zu verschwinden, die hier den Weg säumten. Nicht, dass er sich sehr geniert hätte, um diese Zeit würde ihn wohl auch keiner stören. Aus alter Gewohnheit verschwand Max vom Weg. Kaum hatte er jedoch sein Hosentürl geöffnet, da hörte er Stimmen, die näher kamen. Zwei Männer waren es offensichtlich, die ziemlich laut miteinander stritten. Da dem Max die Situation etwas peinlich war, drückte er sich nahe an den Baumriesen, hinter dem er stand und hielt still. Die Stimmen näherten sich und jetzt konnte Max auch ein paar Sätze auffangen:

„Wenn du´s findest", hörte er die eine Stimme sagen, „dann kriegst einen Teil davon." „Na wie viel?", fragte der andere mit tschechischem Akzent. „Du musst schon sagen, wie viel kriegs mich ich! So geht nicht!"

Die beiden Gestalten hatten mittlerweile den Baum passiert, hinter dem der Max stand, seinen Mund fast so weit offen wie sein Hosentürl. Jetzt ein wenig hinterherzuschauen, das war kein großes Risiko, die beiden Männer waren viel zu sehr in ihren Disput vertieft. Max Esterl lurte also vorsichtig hinter dem Baum hervor und sah, dass die beiden stehen geblieben waren und heftig gestikulierten. Die Summe, die der Bayer nannte, konnte Max nicht hören, aber ihm war so, als ob er einen Zeitpunkt und vor allem einen Ort heraus gehört hätte, bevor die zwei, ständig weiter debattierend, sich entfernten :

„Schloss Ludwigsthal…Samstag Nacht…!"

In Max Esterl erwachte der alte Spürhund wieder: Ja Kruminale, das war doch der Randalierer von gestern! Unverkennbar. Die Größe passte genau, der blonde Vierkantschädel war auch von hinten her gut zu identifizieren und – an der rechten Hand, mit der er immer wieder zu seinem um zwei Köpfe kleineren tschechischen Begleiter hinfuchtelte, trug der Randalierer einen ziemlich dicken Verband. Beide Gestalten aber schleppten große und offensichtlich schwere Rucksäcke.

Hören konnte Max jetzt nichts mehr.

Dann waren die beiden schon zu weit entfernt und verschwanden schließlich hinter einer Wegbiegung.

Der Mund von Max war jetzt endgültig weiter offen als sein Hosentürl. Ohne noch ans Bieseln zu denken und leise mit sich selbst diskutierend setzte Max seinen Weg fort.

„Kruminale, das waren doch keine Spaziergänger! Wenn die zwei von Böhmisch Eisenstein her aufgebrochen waren, dann mussten sie schon über eine Stunde unterwegs sein. Der Bayer hatte einen Saurausch gehabt, das war noch keine 9 Stunden her, bis die Verletzung versorgt gewesen war vielleicht nur 8 oder 7. Wie war er dann nach Böhmisch Eisenstein gekommen und warum war er schon in aller Früh über die grüne Grenze unterwegs?

Die beiden waren keine Wanderer, das war dem Max klar. Dazu hätte er nicht einmal Kriminalkommissar a.D. sein müssen.

Was hatten die beiden dann auf dem Weg zu suchen – und was war in den voll bepackten Rucksäcken gewesen? Irgendwie war etwas faul an dieser Sache, am Verhalten der beiden, an dem Ausbruch des Vierkantschädels gestern Abend im Bräustüberl, an den voll bepackten Rucksäcken der beiden.

Vor lauter Gedanken und Fragen hatte Max nicht einmal so richtig bemerkt, dass er schon knapp unterhalb der Steinbachfälle war, deren Rauschen ihn daran erinnerte, dass er vor gut vierzig Minuten eigentlich bieseln hatte wollen. Waren das schon die Vorboten von Alzheimer?

Als Max zum Hosentürl tastete und merkte, dass es die ganze Zeit offen gestanden hatte, fand er sich in seiner Befürchtung bestätigt: „Na, mein Lieber, jetzt darfst aber aufpassen, dass zu deiner beruflichen nicht auch noch eine persönliche Deformation dazukommt!"

Und so versuchte Max, seine Gedanken zu verscheuchen. Dabei halfen ihm das Rauschen der Steinbachfälle, die weißen Wasser, die hier hinunterstürzten, Wirbel bildeten, auf die Felsen trafen und wie Fontänen wieder von ihnen abprallten. Das alles faszinierte den Max immer wieder aufs Neue. Natürlich waren das nicht die Niagarafälle, aber schön war es doch. Und am schönsten, fand Max, war, dass er hier hineinbieseln konnte. Ohne dass ihm das jemand verbot!

Max Esterl entschloss sich, noch zum Kleinen Falkenstein zu gehen. Die Aussicht von dort war heute bestimmt grandios und der frische Wind dort oben würde ihm die dummen Gedanken endgültig verblasen und verscheuchen. Und zum Mittagessen würde er pünktlich daheim sein, selbst wenn er sich im Biergarten des Zwieseler Waldhaus noch ein Weißbier leistete… .

Das Spiel beginnt

„Hast du schon einmal was von einem tschechischen Schriftsteller namens Klostermann gehört? Auf den hat mich ein Deutschlehrerkollege aus dem Gymnasium aufmerksam gemacht, der soll ja sehr interessant sein, und was der alles geschrieben hat, gerade über den Böhmerwald."

„So hörst du mir zu, Eva! Mindestens fünf Mal hab ich den Karl Klostermann, er war übrigens deutscher Abstammung, dir gegenüber schon erwähnt. Aber was so a ungebildeter Kriminaler sagt, das zählt ja nicht bei euch Studierten. Wenn´s dagegen ein Professor vom „Guminasium" sagt, dann hört man besser zu!"

„Höre ich da einen Neid heraus oder gar Eifersucht?", belustigt spitzte Eva ihre Lippen. „Ach Max, das ist ja ganz süß von dir!"

„Ich mag aber jetzt nicht süüüß sein. Ich mag nie süß sein und jetzt schon gar nicht! Mit dem Klostermann solltet ihr euch am Gymnasium in Zwiesel aber schon etwas näher beschäftigen, der wär´s wert. Keiner von unseren großen deutschen Dichtern hat jemals vom Böhmerwald geschrieben, der war ihnen viel zu gering. Und da hätten wir mit dem Klostermann direkt einen vor der Haustür und keiner weiß etwas davon. Das ist eine glatte Schande, Kruminale! Der Klostermann hat zuerst auf Deutsch geschrieben, aber das hat damals keiner lesen wollen, dann hat er auf Tschechisch weitergemacht. Und erst jetzt wird nach und nach sein ganzes Werk ins Deutsche übersetzt, 90 Jahre nach seinem Tod. Einiges hab ich schon gelesen, das andere kommt dann dran, wenn das Wetter einmal schlechter wird, da hab ich jetzt keine Zeit dazu."

„Ach Max, das ist schon wieder so süß, wenn du dich so ereiferst, das möchte ich gerne öfter bei dir sehen!"

Wie hatte jetzt die Eva das gemeint? War da ein Unterton gewesen? Max war sich nicht bewusst, irgendetwas vernachlässigt zu haben.

Trotzdem war sein Kopf rot, als er mit dem Mittagessen begann. Die Farbe kam nicht nur vom Weißbier, das er im Zwieseler Waldhaus getrunken hatte… .

Die seltsame Begegnung im Wald hatte den Max nicht losgelassen und so hatte er sich dazu entschlossen, ein bisserl zu recherchieren, „nur so aus Neugierde", denn der Max hätte es nie zugegeben, dass seine Arbeit als Kriminaler ihm doch ein wenig abging.

Etwas über den seltsamen Bräustüberlgast herauszukriegen, würde nicht schwer sein. Er schien fast allen im Wirtshaus bekannt zu sein, Rudi, der Wirt würde ihm da schon Auskunft geben. Es musste aber wie beiläufig geschehen, Max wollte nicht, dass die Leute über ihn tuschelten und dass von ihm erzählt wurde, da sei schon wieder einer, der nicht loslassen könne.

„Ich lass schon los, aber es lässt mich nicht los", dachte Max bei sich.

Aber dezent musste er vorgehen. Er wollte nicht der Urheber von Gerüchten sein, Gerüchten, wie sie in Wirtshäusern wie diesem, die vielen Leuten fast eine Art Familienersatz waren, immer wieder Nahrung bekamen und die auch einen Unschuldigen ganz schön fertig machen konnten.

„Heut Abend geh ich nochmal ins Bräustüberl."

„Da warst du doch gestern erst. Weißt du gar nicht mehr, wie du deine Abende rumbringen sollst? Dir muss ja schon ganz schön langweilig sein in der Pension – oder bin ich dir zu langweilig?"

Max wollte verhindern, dass das Gespräch jetzt in falsche Bahnen kam. Zum Glück hatte er – gedanklich – schon vorgesorgt:

„Nein, du weißt schon: Heut ist doch Tschämpions Lig. Real gegen Bayern. Und die Trottel vom öffentlichen Fernsehen übertragen wieder mal nicht. Es ist zum Haarausreißen. Im Bräustüberl ham´s so einen Sportkanal – da übertragen´s alles."

Eva wusste natürlich um die große Begeisterung ihres Mannes für das Fußballspiel. Als sie beide sich kennengelernt hatten, hatte ihr Max noch als Aktiver mehrmals die Woche die Fußballschuhe geschnürt. Heute waren seine Einsätze seltener geworden, viel seltener.

„Wenn´s nur nicht zur Gewohnheit wird", schmunzelte Eva. „Ich möchte schon auch was haben von meinem Pensionisten."

Das Bräustüberl war brechend voll, wie immer bei großen Fußballereignissen, die nicht in öffentlichen Fernsehkanälen übertragen wurden. „Rutschmaraweng zamm!", hatte der Lateinlehrerfreund, auch ein Experte, seine Banknachbarn aufgefordert und Max hatte das Sitzplatzangebot dankend angenommen. Die Sicht war ihm zwar etwas versperrt durch einen großen

Kerl, der am Tisch vor ihnen saß, aber als Max sah, wer dieser Bursche war, wusste er, dass es sich gelohnt hatte, dieses Spiel anzuschauen, egal, wie es ausging. Vor ihm saß der Mann, dem er in den letzten 24 Stunden schon zweimal begegnet war, jetzt steckte er in einem Bayern – Trikot. „Jiří, noch eine Halbe Bier, bevor´s angeht“, rief er dem vorbeieilenden Kellner zu der jetzt, kurz vor Spielbeginn, alle Hände voll zu tun hatte. Jeder wollte, bevor es losging, noch was zu trinken.

Keiner aus dem Publikum, das größtenteils aus männlichen Fußballfans aller Altersklassen bestand, schaute auf den Großbildschirm, der an der Stirnwand des Lokals hing. Dort nudelte irgendein abgehalfterter Fußballstar als Experte seine Allerweltsweisheiten ab. Die Bräustüberlbesucher waren selbst Experten. Alle!

Geräuschvoll diskutierten die Fans über das kommende Spiel, das erste in der Saison, richtungweisend und vorentscheidend, wie die Experten unter den Gästen, also alle, wussten.

Mehrere der Zuschauer waren allerdings nicht nur Experten, sondern zusätzlich auch noch Fans. Die reinen Experten waren zu identifizieren an ihrem Kennerblick, sie registrierten auch gute Spielzüge der gegnerischen Mannschaft mit einem anerkennenden „so schlecht sind die auch nicht.“

Solche positiven Bemerkungen über den Gegner wurden von den Fans, die natürlich auch Experten waren, gar nicht gern gehört. Sie wollten, egal ob die anderen gut waren oder sehr gut, ihren FC Bayern siegen sehen. Zur Unterstützung ihrer Mannschaft hatten sie rote Leiberl angezogen, Fanschals umgelegt und – wie ihre geröteten Gesichter und heiseren Stimmen ahnen ließen – schon einige Schlachtgesänge angestimmt und – vor allem auch – schon einige Halbe Bier getrunken.

Jetzt sah man auf dem riesigen Bildschirm die beiden Mannschaften auflaufen, die Schiedsrichter machten die Platzwahl, die Raucher unter den Fans, die vor dem Wirtshaus noch eine kleine Nervenspritze zu sich genommen hatten, nahmen ihre Plätze ein, die Stimmung im Lokal änderte sich schlagartig. Es wurde still, so still, dass man sogar den Fernsehkommentator hören konnte. Nur der große Unbekannte war nicht still.

„FC Bayern", skandierte er und an seiner Stimme erkannte man, dass er schon wieder dem Bier ziemlich stark zugesprochen haben musste. „Mia san mia", machte er weiter und erhob dazu die Faust, die noch immer in einem Verband steckte.

„Rudi", rief er zum Wirt hinüber, der gerade mit der Fernbedienung den Ton lauter stellte, „wenn Bayern ein Tor schießt, dann zahl ich eine Runde!"

„Der muss Geld haben", versuchte es der Max beim Lateinlehrer, der als Stammgast gut Bescheid wusste über das Bräustüberl und alles, was sich dort abspielte.

„Ja, da kursieren komische Gerüchte um den Erwin… ."

Inzwischen ertönte der Anpfiff. „Ich erzähl dir das in der Halbzeit." An etwas anderes als an Fußball war jetzt natürlich nicht zu denken… .

Mit dem Halbzeitpfiff hatte sich die Gaststube schnell fast bis zur Gänze geleert. Die einen brauchten, nachdem die Bayern 1:0 zurücklagen, nochmals eine nikotinhaltige Nervenspritze, andere suchten die frische Luft, wieder andere mussten zum Bieseln. Die Aufregung. Oder das Bier. Meist alles zwei.

„Was ist jetzt mit dem… ? Du hast vorhin gesagt, da würden Gerüchte kursieren“, wandte sich Max an seinen Freund.

„Weißt ja eh, was so geredet wird“, bekam er zur Antwort. „De einen sagen, er ist an einem Bordell in Böhmisch Eisenstein beteiligt und hat sogar was mit der Chefin dort, de andern sagen, er handelt über die Grenze, mit allem was verboten ist, aber nix Gwiss woas man net. Er kann auch ein paar Worte Tschechisch, mit Jiří, dem Kellner, unterhält er sich öfter, aber mehr gebrochen, hab ich das Gefühl. Nix Gwiss woas ma eben wirklich net. Aber eins weiß ich bestimmt: er hat einen Haufen Geld und wirft auch ganz schön rum damit. Glücklich allerdings ist er scheints nicht mit dem Geld. Aber weißt as eh: pecunia non olet, wenn du´s noch weißt, bist ja auch ein Lateiner gewesen. Geld stinkt nicht. Drum kann er sich da herin ziemlich viel erlauben. Nüchtern ist er eh nicht so zuwider, aber meistens ist er halt nicht nüchtern. Weißt ja eh.“

Mit einem Seitenblick hatte der Lateinlehrer gesehen, dass der von ihm mit Erwin bezeichnete die Gaststube wieder betreten hatte und das Gespräch mit einem Augenblinzeln beendet.

Max hatte fürs Erste genug erfahren, jetzt packte ihn das Fußballspiel, das an Rasanz zugenommen hatte.

Das Drama von Ludwigsthal

„Und, hat sich`s rentiert, gestern im Bräustüberl?“, fragte Eva mehr automatisch als neugierig, während Max seine Frühstückssemmel verdrückte. „Verloren“, lautete die einsilbige Antwort. „Und deswegen hast unbedingt ins Bräustüberl gehen müssen, da hättst ja gleich daheimbleiben können.“

„Wenn man das vorher wüßte, dann tät man vielleicht nicht gehn. Aber das ist ja grad das Interessante an einem Spiel – Dass man´s vorher nicht weiß! Ich geh halt nicht nur wenn´s gewinnen – ich geh halt, weil´s mir gefällt, s´Fußballspiel.“ „Ja, aber dann, wenn die Bayern verlieren, dann gefällt es dir ja nicht mehr, oder?“

Nur ein ahnungsloser Mensch konnte so argumentieren.

Max beschloss, die Debatte zu beenden, bevor er sich richtig in Rage redete und wechselte das Thema: „Es war auch so ganz interessant gestern.“

Max schilderte seiner Frau die Begegnungen mit dem sonderbaren Gast und erwähnte dabei auch das charakteristische Berufskribbeln, das er dabei verspürt hatte.

„Lass die Finger davon, Max, ich hab mich so drauf gefreut, dass du deinen Beruf losgeworden bist, ich habe zugestimmt, dass wir in den Bayerischen Wald ziehen, weil ich gewollt habe, dass du von deinem Münchner Berufsumfeld weit weg kommst, in eine Gegend in der nichts, aber auch gar nichts passiert, höchstens mal einige Ster Holz gestohlen werden oder am Arber ein Paar Ski. Es gefällt mir hier, es gefällt mir wirklich. Die Arbeit in der Schule mit den Landkindern ist viel angenehmer als in der Großstadt, mit dem Kollegium komme ich gut zurecht, alles passt hier, die Gegend ist großartig! Bitte zerstör das jetzt nicht! Such dir – außer Fußball, Kartenspielen und Wandern noch ein Hobby, das dich wirklich ausfüllt. Und lass es bleiben, das Recherchieren, das Spannen und Jagen. So, und jetzt muss ich in die Schule. Räum bitte das Geschirr in die Spülmaschine. Und wenn du Zeit hast, kannst du einige Besorgungen machen, ich hab dir´s aufgeschrieben. Tschüüüss!"

Eva wusste schon, womit sie ihren Max ein wenig provozieren konnte. Tschüss wäre ihm niemals von den Lippen gekommen. So viele schöne Ausdrücke gab es, um sich zu verabschieden. Pfiat de, Servus, Habe die Ehre, alles war besser als dieses Tschüss. Sogar Ade.

„Ahoj", brummte Max der Eva hinterher. Das war der Gruß der Tschechen. Besser als Tschüss…Kruminale!

Max stand im Supermarkt vor den Regalen, sein Einkaufswagerl war schon halb voll, in der Hand hatte er die Liste von Eva, alles war erledigt bis auf… .

„Soßenbinder", knurrte Max in sich hinein, „Soßenbinder – soll ich jetzt wissen, wo der Soßenbinder ist?" Angestrengt suchte der Max im einschlägigen Regal. Natürlich hatte er die Brille vergessen, was die Suche nicht gerade erleichterte.

Schon wollte Max aufgeben, da hörte er hinter sich eine bekannte Stimme in Bairisch mit tschechischem Akzent.

„Griß dich, Max sieht aus als ob s´dich was suchst!"

„Ahoj, Jiří, du kommst grad recht. Weißt du, wo ich einen Soßenbinder finde?" Da Jiří auch als Aushilfskoch im Bräustüberl fungierte, würde er Max schon helfen können.

„Natürlich Max, Mondamin steht direkt vor deins Auge, mußt nur hinlangen, gelbs Packl."

Jiří grinste über´s ganze Gesicht: „Brauchst sonst noch Hilfe und Beratung, musst nur sagen."

Das war es, die Chance! Jiří wusste sicher über alle Gäste im Bräustüberl Bescheid. Wenn da Geschäfte in Tschechien liefen, dann musste er zumindest Wind davon bekommen haben.

„Ja, Jiří, aber das dauert länger, hast Zeit?"

„Also, das glaubst du nicht, was ich heute erfahren habe." Immer, wenn Max Esterl seiner Frau etwas beweisen oder etwas Wichtiges sagen wollte, verfiel er ins Hochdeutsche. „Der zaundürre Jiří, der Kellner vom Bräustüberl…".

Eva, die gerade von der Schule heimgekommen und in Gedanken noch bei ihrem Deutschkurs war, wollte den Max in seinem Redeschwall unterbrechen und schnippisch fragen, ob er das Gulasch von gestern aufgewärmt hatte oder ob er vielleicht schon wieder einen alten Kriminalfall aufwärmen wolle. Doch da schnappte sie zwei Wörter auf, die sie hellhörig werden und ihren Hunger und ihre Ironie vergessen ließen: „Klostermann…vollendeter Kavalier“.

„Was hast grad gesagt?“

„I probier doch die ganze Zeit schon dir zu erklären, was der Jiří, der Kellner vom Bräustüberl mir heute erzählt hat, ganz bin ich nicht schlau geworden aus ihm, vieles weiß er wohl auch nicht, er hat gesagt, ich solle bei Karl Klostermann nachlesen, im „Vollendeten Kavalier“, da wird man noch nachforschen müssen, aber…“

Eva wusste genau, was es geschlagen hatte, sie hatte diese Anspannung, dieses Zupackenwollen bei ihrem Mann schon öfter erlebt, als ihr lieb war. Jetzt hatte er eine Fährte aufgenommen und nichts würde ihn davon abbringen, den Spuren nachzugehen. Neu an dieser Geschichte war, dass Max offenbar auch seine Gattin mit hineinziehen wollte, oder war das nur ein Trick, um ihre kritische Haltung abzumildern?

„Also, pass auf: Ich hab dir doch von dem sonderbaren Gast im Bräustüberl erzählt. Erwin heißt er, Erwin Kopf, hat mir der Jiří gesagt, kann man sich leicht merken, Kopf wie Schädel – du solltest dem seinen Quadratschädel sehen! Aber weiter: der Jiří sagt, der handelt mit allem, was du nur hinter der Grenze kriegst. Pornos hat er schon an einige der Stammgäste verticken wollen, natürlich übelste Ware, die bei uns auf dem Index steht, bei Drogen wollte der Jiří sich nicht so festlegen, er meinte, seine Gäste bekommen die Droge, die sie brauchen sowieso ganz legal bei ihm im

Bräustüberl, für den unschlagbaren Preis von weniger als 2 Euro 50 die Halbe".

„Da kann ich nicht lachen", hob Eva an, aber Max bremste sofort: „Willst as jetzt wissen oder nicht?" „Ja, aber nicht in so epischer Breite! Was die Suffköpfe da im Bräustüberl konsumieren, interessiert mich so was von überhaupt nicht."

„Suffköpfe, sagst du, jetzt mag ich nicht mehr weiter erzählen, da zähl ja dann ich auch dazu. Suffköpfe!"

Schon war das Paar vom Thema abgekommen und in den schönsten Streit geraten. Max bockte und schaufelte das Gulasch in sich hinein, sagte nicht einmal, wie gut es ihm doch schmeckte und trank dazu hastig und ohne erkennbaren Genuss die Halbe Pilsener Urquell, die er manchmal seinem geliebten einheimischen Bier vorzog. Das einzige Bier aus „Massenbierhaltung", das Max freiwillig trank.

Dann würde er halt ohne die Eva recherchieren. Schade, das wäre das erste Mal gewesen, dass sie ihm helfen hätte können, aber wenn sie sich nur lustig machte über seine Arbeit… .

Diesen Gedanken, das wurde dem Max sofort klar, hatte Eva jetzt nicht lesen dürfen: dass er immer noch an „Arbeit" dachte!

Die Gedanken, die im selben Moment durch Evas Kopf gingen, waren aber den seinen gar nicht unähnlich: Schade, das war das erste Mal, dass er mich ins Vertrauen ziehen wollte, also hat sich doch etwas verändert mit der Pensionierung. Und was das wohl mit Klostermann gewesen sein mochte? „Der vollendete

Kavalier"? Dieses kleine Bändchen aus der Feder des großen Böhmerwalddichters hatte sie mittlerweile im Bücherregal. Mal sehen, was da so Interessantes drin stehen konnte.

Ein milder, sonniger Herbsttag neigte sich auf den Abend zu. Von der Terrasse der Esterls hatte man einen prächtigen Ausblick. Die Luft war noch wie Seide, der Blick ging über den Grenzkamm der Bayerwaldberge vom wuchtigen Falkenstein auf der linken, der nördlichen Seite über den im letzten Jahr fast kahl gewordenen Kiesruck, den benachbarten sanft geschwungenen Hahnenbogen bis zum breit sich hinziehenden mächtigen Doppelgipfel des Rachel. Alle Schattierungen von Blau konnte Max erkennen und ihn überkam wieder das Gefühl, das ihm in der Großstadt irgendwie abhanden gekommen war. Er konnte es nicht definieren, aber es war stark und es war schön. Morgen würde er wieder aufbrechen. Hinauf in die Grenzberge. Max war voller Freude und hatte längst schon vergessen, dass er mit Eva gestritten hatte.

Die Lehrerin saß ebenfalls auf der Terrasse, vor sich hatte sie einen Berg von Schulheften. Mit den Jahren fiel Eva das Korrigieren immer schwerer und insgeheim hoffte sie, dass ihr Mann sie ansprechen und die anstrengende Arbeit unterbrechen würde.

Drei Stunden am Stück hatte sie schon konzentriert geschafft!

„Was meinst jetzt du, hast du schon was nachgeschaut, beim Klostermann, in dem Roman „Ein vollendeter Kavalier"? Ich hab den Roman ja schon gelesen und weiß, dass da im Herrenhaus zu Ludwigsthal eine Katastrophe passiert ist. Aber so genau hab ich das auch nicht mehr im Kopf. Irgendein Zusammenhang besteht da aber. Ein Zusammenhang zwischen dem, was damals passiert ist und dem, was der Jiří erzählt hat. Und das Herrenhaus scheint auch eine Rolle zu spielen. Der Jiří hat so was angedeutet!"

Einerseits war Eva zwar froh über die Unterbrechung, so jedoch konnte sie es dem Max nicht durchgehen lassen. „Siehst du nicht, dass es auch Leute gibt, die noch arbeiten müssen?", fragte sie, den Rotstift mit der Rechten wippend, über den Rand ihrer Lesebrille den Max fixierend. „Aber lass nur", besänftigte sie ihren nun fast ein wenig eingeschnappten Mann, „ich wollt´ sowieso gleich aufhören. Nur noch eine Arbeit zu Ende."

Max Esterl hatte zwei Tassen Tee gemacht und erzählte Eva die Geschichte, die etwas wirre Story, wie er sie vom Kellner Jiří gehört hatte. Diese Geschichte beschäftigte Max und geisterte in seinem Hirn herum. Aber so richtig konnte er die Puzzleteile noch nicht zusammensetzen. Er hätte diesen Roman von Klostermann besser im Kopf behalten sollen. Aber wie hätte er damals ahnen sollen? Und wozu hatte man schließlich eine Deutschlehrerin zur Frau!

„Wie soll ich jetzt beginnen? Alles hat offenbar seinen Anfang in dieser schrecklichen Sache, die vor anderthalb Jahrhunderten in Ludwigsthal passiert ist und die der Klostermann im „Vollendeten Kavalier" beschrieben hat. Und den Roman kennst du doch. Viel besser als ich auf alle Fälle. Ich weiß nur noch ganz nebulös, um was es da ging. Also, Frau Deutschlehrerin, endlich hat einer deiner Texte, mit denen du die Schüler nervst, Bezug zur Realität.“ Eva überhörte die Anspielung und fing an zu erzählen:

„Gut, dann beginnt zuerst die Geschichtslehrerin. Um das Jahr 1826 – das hab ich aus dem Internet, hat der erfolgreiche und bekannte böhmische Glashüttenherr Georg Christoph Abele am Regenfluss zwischen Zwiesel und Eisenstein ein großes Stück Land gekauft und dort eine Glashütte errichtet. Dieser Abele hatte drei Söhne und wollte wohl jedem etwas vererben. In wenigen Jahren entstand in „Batzlreuthen“, so hatte der Ort vorher geheißen, ein ansehnliches Glashüttengut mit Fabrikgebäuden, Wohnungen für die Glasmacher und einem Herrenhaus – dieses herrschaftliche Haus ist fast das einzige, was von der früheren Herrlichkeit geblieben ist. Viel würd ich dafür geben, wenn ich erleben könnte, wer da alles aus- und eingegangen ist, sogar der spätere König Ludwig II., der Spinnerte, soll als junger Mann dort gewesen sein. Der Spiegelsaal im Herrenhaus hat Ludwig vielleicht sogar Anregungen für Schloss Herrenchiemsee gegeben, obwohl das natürlich einige Nummern größer ist. Feste wurden dort gefeiert, aber es wurde auch hart gearbeitet und es wurde gutes Geld verdient.

In Ludwigsthal – den Ort hatte man nach dem bayerischen König benannt, ein geschickter Marketing-Schachzug, der den böhmischen Spiegelglasfabrikanten sicher half, ihre Produkte auch in Bayern zu verkaufen – in Ludwigsthal aber standen bald nicht mehr die Feste im Mittelpunkt, sondern die Sorgen.

Schließlich kam es zu einem Drama, das die Menschen im ganzen Grenzgebiet herüben wie drüben, also sowohl auf der böhmischen, wie auch auf der bayrischen Seite erschüttert und in höchste Aufregung versetzt hatte, ein Drama, das über lange Jahre hin Gesprächsthema wurde, das die Menschen im Böhmerwald, zu diesem wurde damals ja auch der bayerische Teil des früheren Nordwalds gezählt, noch bis zur Jahrhundertwende faszinierte und ihnen Rätsel über Rätsel aufgab."

„Eines der Rätsel", unterbrach Max den Redefluss seiner Frau, „ist anscheinend gerade mal wieder aktuell geworden! Aber red weiter, Frau Lehrerin, ich wollt´ nicht stören."

„Ich wollte mir sowieso gerade eine Jacke holen, mir wird langsam kalt hier draußen. Aber an den kühlen Abendwinden im Bayerwald allein liegt´s nicht, wenn mich friert. Die Geschichte selbst lässt einem buchstäblich das Blut erstarren."

Eva verschwand schnell und kehrte, in eine dicke Strickjacke gewickelt, wieder zurück.

„Das Drama also spielte sich folgendermaßen ab:

Elise, die überaus schöne Witwe von Wilhelm Abele, des Erben von Ludwigsthal, führte nach dem plötzlichen Tod ihres Gatten die Glashütte mit Hilfe eines Fabrikleiters erfolgreich fort. Da war sie 28, stell dir das vor! Leider blieb die Elise nicht immer in Ludwigsthal.

Sie war jung, schön und vermögend und hatte ihren Betrieb zu repräsentieren, so kam sie auch nach

München und lernte dort einen „Kavalier“ kennen, der Ludwigsthal das Verderben und ihr den Tod brachte.“

„Das klingt jetzt aber schauerlich, so ein Drama in unserem Ludwigsthal? Ein Münchner Strizzi also hat den Böhmerwald aufgemischt! Solche hab ich zur Genüge kennengelernt“, versuchte Max ein wenig lustig zu sein. Er hatte bemerkt, dass sich seiner Eva eine ganz seltsame Stimmung bemächtigt hatte.

„Der Karl Klostermann beschreibt die Vorgänge genau in seinem Roman, der im Übrigen fürchterlich und völlig hoffnungslos endet, mich hat dieses Drama, das der vollendete Kavalier verursacht hat, jedenfalls tief berührt und ich kann nicht am Herrenhaus vorbeifahren, ohne daran zu denken. Hier, lies selbst, im Vorwort zu dem Roman ist das Drama gut zusammengefasst. Ein gewisser Hans-Joachim Häupler hat das Vorwort geschrieben, ein ausgezeichneter Klostermann-Kenner.“

Max nahm seine Lesebrille, ohne die er auf Nahdistanz fast hilflos war, und begann zu lesen:

„In der Nacht vom 22. auf den 23. Februar 1856 erlebte der Bayerische Wald ein heftiges Wintergewitter. Obwohl es schon auf Mitternacht ging waren die Fenster des Herrenhauses der Ludwigsthaler Glashütte bei Zwiesel noch hell erleuchtet. Aus Schüttenhofen in Böhmen war der Landarzt Dr. Josef Klostermann geholt worden, um der todkranken Gutsherrin Elisabeth von Streber, einer geborenen Freiin von Hafenbrädl aus Bayerisch Eisenstein beizustehen. „Als mein Vater“, so erinnerte sich der Sohn des Dr. Klostermann

Jahrzehnte später, „in das Zimmer der Baronin eintrat, erhob sich diese von ihrem Lager.

„Es ist zu spät, Doktor", sprach sie, und ihre schönen dunklen Augen ruhten mit einem unbeschreiblichen Ausdruck der Verzweiflung auf ihm, „es ist zu spät"."

Was sich damals in Ludwigsthal abgespielt hat, war erst der Anfang eines Dramas, das selbst in unserer profanen Zeit noch Erschütterung hervorrufen kann. Für die Menschen des Bayerischen und Böhmerwaldes wurde es zu einem unerschöpflichen Gesprächsstoff für Jahrzehnte. Am Ende dieser Entwicklung standen drei Frauen, deren Leben der faszinierende Frauenheld Hans von Streber zerstörte, der Zusammenbruch der Glashütte im Jahre 1860 und nicht zuletzt der wirtschaftliche Untergang der beiden vielleicht bedeutendsten Glasherrenfamilien in der jüngeren Geschichte des Bayer- und Böhmerwaldes. Ihr Millionenvermögen wurde von diesem „vollendeten Kavalier" in wenigen Jahren verschwendet."

„Und der Jiří hat mir erzählt, dass auf der anderen Seite der Grenze, im Böhmerwald, immer wieder Gerüchte kursieren… ."

„"Ein unerschöpflicher Gesprächsstoff für Jahrzehnte", steht da. Vielleicht sollte man das ergänzen: für Jahrhunderte!"

Jetzt konnte Max begreifen… .

Die Gerüchte um den Freitod der schönen Elise flackerten wohl in regelmäßigen Abständen immer wieder auf, anscheinend war jetzt gerade wieder so eine Phase, in der die Vulkane der Phantasie spuckten. Und die

Gerüchte wurden offenbar von der tschechischen Boulevardpresse aufgeheizt und am Kochen gehalten, das hatte der Jiří angedeutet.

„Da muss ich morgen unbedingt nochmals den Jiří fragen“ sagte Max mehr zu sich selber. Deshalb war er überrascht über die Reaktion, die dieser Satz bei Eva hervorrief: „Und damit schon wieder einen Abend im Bräustüberl verbringen! Morgen sind wir mit meinen Kollegen zum Essen in Spiegelhütte. Hast du das ganz vergessen?“

Ja, das Essen in Spiegelhütte, das hatte der Max nicht vergessen: Verdrängt hatte er es, obwohl er für sein Leben gern beim Straßner in der Spiegelhütte einkehrte, direkt am Waldrand, noch so eine Idylle in einem verträumten, fast vergessenen Dorf, dicht unter den Grenzbergen. Auch Spiegelhütte hatte, wie der Name schon sagte, eine Vergangenheit als Glasmacherort. Die „Glasbarone“ aus der Dynastie der Poschinger von Oberzwieselau hatten Spiegelhütte und das benachbarte Buchenau in die riesigen Wälder gesetzt, hatten die gierigen Glasöfen mit deren Holz gefüttert, viele bayerische und vor allem auch böhmische Glasmacher hatten hier, in den entlegensten Winkeln des Waldes eine unglaubliche Produktivität und vor allem Kunstfertigkeit entwickelt. Die Poschinger waren mit den Abeles verschwägert gewesen, soviel wusste Max – und damit war er wieder bei seinem Fall… .

„Zieh nicht so ein Gesicht, weil du einen Abend mit ein paar Gymnasiallehrern verbringen musst. Da sind einige ganz amüsante Leute dabei, solche Originale hatten wir in München nicht. Du wirst sehen, die gefallen dir bestimmt."

„Naja, wenigstens das Essen wird mir gefallen, und wenn mir die Gymnasialen gar zu gach werden, dann kann ich mich ja nach dem Essen zu den Wirtsleuten setzen und einen Schafkopf mit ihnen spielen, das gefällt mir auf jeden Fall."

„Untersteh dich", drohte Eva. „Lass dich doch einfach darauf ein. Und jetzt friert´s mich." Eva zog an ihrer Jacke. Tatsächlich war es auf der Terrasse empfindlich kühl geworden- auch das war etwas, woran sich Max wieder gewöhnen musste: Ab zehn Uhr konnte man am Abend kaum noch draußen sitzen, es wurde zu kühl. War das der Grund, warum der Bayerische Wald keine richtige Biergartenkultur entwickelt hatte?

Wenn die Erderwärmung weiter so fortschreitet, werden wir im „Wald", der immer als das bayerische Sibirien verschrien wird, auf alle Fälle ein kühles Vorzugsfleckerl sein, dachte Max, während er die Terrassentür schloss.

Eva hatte heute erst ab der dritten Stunde Unterricht, so konnten beide etwas später aufstehen und das Frühstück auf der inzwischen schon sonnengewärmten Terrasse genießen. Danach ließ sich Max noch etwas Zeit, bevor er zu Fuß zum Bräustüberl aufbrach. Heute war Freitag, da waren bestimmt schon einige Gäste zum Frühschoppen da, vielleicht hatte Max Glück und Jiří bediente. Fröhlich pfeifend legte Max den Weg zum Bräustüberl zurück, der ihn zuerst durch den mit alten Bäumen bestandenen Stadtpark und dann den

Regenfluss entlang führte. Das war sein alter Schulweg gewesen, sinnierte Max. Viel hatte sich verändert seit seinen Schulzeiten. Manches sogar positiv. Der Fluss war sauberer geworden, seitdem die Glasindustrie strenge Umweltauflagen zu erfüllen hatte. Trotzdem kam kaum noch jemand auf die Idee, im Sommer darin zu baden, wie sie das als Kinder so oft gemacht hatten. Hier, genau hier war die Stelle, wo er als Kind beinahe einmal ertrunken wäre. Ein Nachbarsmädchen, einige Jahre älter, hatte Max damals herausgezogen. Max hatte Rotz und Wasser geheult und er erinnerte sich heute noch genau, wie dankbar er dem Mädchen dafür noch Jahre danach gewesen war.

Max war immer noch in Gedanken an die alten Zeiten, als er merkte, dass er schon vor dem Bräustüberl stand.

Tatsächlich hatte Jiří Dienst. Max nahm ihn zur Seite. „Hast kurz Zeit, Jiří, wegen… du weißt schon."

„Ja, Max, i weiß schon wieder was, gemma ins Nebenzimmer, da tun´s nicht glei alle zualusen." Der Jiří hatte sich wirklich schon einen beachtlichen Waldlerwortschatz zugelegt.

Im Nebenzimmer, das doppelt so groß und halb so gemütlich war wie das Stüberl selber erzählte Jiří, was er in seiner Heimat recherchiert hatte. Zwei Zeitungen, die eine mit etwas zweifelhaftem Ruf, die andere aber durchaus „seriees" hatten das Drama von Ludwigsthal wieder aufgewärmt. Während das seriöse Blatt nur die Story erzählte und von Gerüchten sprach, die es immer noch oder immer wieder gab, ging das Revolverblatt ins Detail:

Es habe schon damals, zur Abele-Zeit Gerüchte gegeben, dass die Elise, als sie sich der furchtbaren Wahrheit klar wurde, dass der vollendete Kavalier sie nicht nur mit anderen Frauen, sondern auch mit ihrer Schwester betrogen hatte und sogar ihrer Tochter schöne Augen machte und dabei war, ihr ganzes Vermögen zu verschleudern, dass die betrogene und hintergangene Elise noch etwas zu retten versuchte, bevor sie das tödliche Gift nahm. So sagen die Gerüchte, dass sie den wertvollen Familienschmuck auf keinen Fall in die Hände ihres verbrecherischen Gatten fallen lassen wollte. Und genau diesen Schmuck sollte Elise angeblich im Herrenhaus Ludwigsthal versteckt haben.

„Und genau um diesen Schmuck geht's, warum sonst haben die zwei Burschen, die ich damals belauscht habe, vereinbart, dass sie Schloss Ludwigsthal im Visier haben", ging dem Max durch den Kopf und weiter ging ihm durch den Kopf, dass die beiden vom Samstag gesprochen hatten und dass der Samstag ja schon morgen war. „Danke, Jiří, hast mir sehr geholfen, jetzt seh ich schon klarer."

„Klarsicht is immer gut, Max. Sag ruhig, wenn du wieder mal was brauchst, Max, ich helf gern." Damit hatte sich Jiří auf alle Fälle bei Max ein dickes Trinkgeld für die nächste Bierrechnung gesichert.

Was aber war jetzt zu tun? Die Polizei in Zwiesel benachrichtigen? Damit machte er sich dort für alle Zeiten lächerlich. Er sah schon das breite Grinsen im Gesicht von Ludwig Rindl, seinem Freund aus alten Tagen, der jetzt der stellvertretende Polizeichef in Zwiesel war.

„Geh Max“, würde er sagen, „du weißt es doch eh aus deiner Dienstzeit, ist ja noch gar nicht so lange her. Können wir da was tun? Das ist ja schon mehr als dünn, was du da hast. Weil du´s bist, kann ich die Zollbeamten informieren, die jeden zweiten Tag nicht weit vom Herrenhaus entfernt als Schleierfahnder auf Kundschaft warten. Aber die haben ja gar keine Befugnisse und es ist auch nicht deren Job! Cool down, Max, du bist pensioniert!“

Genau das wollte sich Max nicht antun und deshalb musste er einen anderen Weg finden.

Nur welchen, das wusste Max noch nicht. Und soviel Zeit war auch gar nicht mehr, denn heute Abend musste er mit diesen Gymnasiallehrern in Spiegelhütte essen gehen.

Wenn Max gewusst hätte, was sich in Spiegelhütte für eine Wendung ergeben sollte, wäre er besserer Laune gewesen.

Schweinsbraten, Kraut und Neuigkeiten

Eva und Max waren gegen sieben Uhr nach Spiegelhütte aufgebrochen. Während der Fahrt durch den Wald war Max sehr einsilbig. Zum einen, weil er sich zwar aufs Essen, nicht aber auf die das Essen begleitende Gesellschaft freute, zum anderen aber, weil er sich noch immer den Kopf darüber zermarterte, was er wohl am besten unternehmen könntc. Morgen war Samstag!

Als die beiden die Straßner – Wirtschaft betraten, wurden sie von den Wirtsleuten und von dem fantastischen Duft von Schweinsbraten und den für Max unwiderstehlichen Dämpfen von Sauerkraut begrüßt. Die Wirtsstube war nicht groß, vier Tische und eine Schank, an der holzgetäfelten Wand hingen ein paar alte Fotos – nichts in diesem Raum war etwas Besonderes – und doch war es schön hier. Max fühlte sich einfach wohl in diesem Wirtshaus.

Außer den Hausgästen, die neben der Schank ihren Stammplatz hatten, war noch ein Tisch besetzt: eine Familie mit zwei Kindern saß dort beim Essen, der Familienvater kam Max irgendwie bekannt vor, er wusste aber nicht, wo er ihn hintun sollte. Der Mann hatte mit einem Rucken seines Kopfes reagiert, als der Wirt, einige Jahre älter als Max, die beiden neuen Gäste mit den Worten "Ja, der Herr Kriminalkommissar, das ist eine Ehre, sind wir heut nicht zum Schafkopfen da?" begrüßte.

Kaum hatten Eva und Max Platz genommen, Max war noch nicht einmal dazugekommen, über die

Unpünktlichkeit der Lehrerschaft zu lästern, da kam der Familienvater auf Max zu.

„Ich bitte um Entschuldigung, wenn ich störe, aber ich hab grad eben gehört, dass Sie der Kriminalkommissar aus München sind, der seit einiger Zeit in Zwiesel wohnt."

„Kommissar a.D., ich bin seit kurzem im Ruhestand", verbesserte ihn Max. „Im Ruhestand ist noch besser, dann haben Sie vielleicht Zeit, mir bei einem kleinen Problem zu helfen, für das Sie sicher Fachmann sind." Der Mann, ein seriös aussehender Mittvierziger, hatte sich gleich vorgestellt: Egon Steiner hieß er und er war der Vorsitzende des Fördervereins für das Schloss Ludwigsthal.

Max hätte es beinahe vom Stuhl gehauen, als er das erfuhr. Sein Interesse war natürlich sofort geweckt. Die mittlerweile eingetroffenen Lehrerkollegen staunten nicht schlecht, als Max, statt sie zu begrüßen und sich vorzustellen, einige Worte der Entschuldigung stammelte und sich mit dem neuen Bekannten ins Nebenzimmer verzog. Ein wenig mehr Beachtung hätten sie schon verdient, fanden sie. Eva war die einzige, die ahnte, um was es gehen konnte. „So ist er halt manchmal, mein Mann. Nicht auszurechnen. Aber wenn der Schweinsbraten kommt, dann kommt auch mein Mann, darauf könnt ihr euch verlassen."

Im Nebenzimmer erklärte Egon Steiner dem aufmerksam zuhörenden Ex-Kommissar, warum er seinen Rat brauchte. Der Förderverein, den er mit initiiert hatte, habe das vom Verfall bedrohte Schloss

Ludwigsthal vor Jahren übernommen und sei dabei, es wieder schön herzurichten, um es der Nachwelt zu erhalten. Irgendjemandem gefalle dies anscheinend nicht, denn man habe schon zweimal versucht einzubrechen, jedoch seien die Täter jedes Mal gestört worden, so dass sie wieder abziehen mussten. Schaden sei entstanden, allerdings kein zu großer, weshalb die Polizei der Geschichte keine besondere Priorität eingeräumt habe. Er, Steiner, könne sich überhaupt nicht erklären, was die Einbrecher gesucht hatten: „Das Haus ist praktisch leer, es ist renoviert, neue Böden wurden verlegt, die Wände wurden neu verputzt, es sind da keine Schätze zu holen."

„Da denken bestimmte Menschen vielleicht anders", wandte Max ein. „Aber warum? Als ich Sie vorhin gesehen habe und mitbekommen habe, dass Sie der bekannte Max Esterl sind, habe ich ganz spontan gedacht, dass Sie uns helfen könnten."

„So, bekannt bin ich, Kruminale, da schau her. Doch…helfen könnte ich Ihnen vielleicht wirklich. Jetzt aber dauert es zu lang." Max hatte durch die nicht ganz geschlossene Tür gesehen, dass in der Gaststube inzwischen der Schweinsbraten aufgetragen wurde. In großen, dampfenden Schüsseln standen Knödel und Kraut auf dem Tisch, daneben ein wahrer Berg von schweinernem Wammerl mit wunderbarer Kruste. Kein Kriminalfall der Welt hätte Max jetzt aufhalten können.

„Verstehe." Steiner blinzelte Max mit Kennerblick zu. „Mir ging´s auch so. Das Schweinerne ist einfach zu gut. Haben Sie morgen Vormittag Zeit? Passt 10 Uhr? Beim Herrenhaus."

Max wunderte sich ein wenig, warum seine Frau zu ihren Kolleginnen und Kollegen „na, hab ich´s nicht gewusst?" sagte, aber da auf seinem Platz schon ein schön gezapftes Pfefferbier stand, fragte er nicht nach, sondern nahm erst einen kräftigen Schluck, mit dem er das aufholte, was die Lehrer in der letzten Viertelstunde geschafft hatten.

Der Abend war doch noch recht schön geworden, die Lehrer hatten sich als ganz amüsant erwiesen, auch hierin hatte Eva recht gehabt. Den „Fall", wie ihn Max insgeheim schon nannte, hatte der Ex-Kommissar vorerst zurückgestellt. Vorerst.

Das Herrenhaus von Ludwigsthal

Das Herrenhaus stand wirklich prächtig da, seitdem es in den letzten Jahren allmählich repariert und renoviert worden war. Die Dorfgemeinschaft hatte sich zusammengetan und, mit Hilfe einiger Finanzquellen, die man geschickt angezapft hatte und vor allem mit enormen Eigenleistungen aus einem ziemlich maroden ein jetzt wieder durchaus sehenswertes Gebäude entstehen lassen.

„ Wir sind natürlich noch lange nicht fertig, erst galt es, die Substanz des Hauses zu erhalten und jetzt, nach und nach, können wir auch innen weitermachen und sogar den Umgriff so gestalten, wie wir es uns vorstellen. Dann muss das Haus natürlich mit Leben gefüllt werden, da wollen wir eng mit dem Nationalpark zusammenarbeiten. Seminare sollen hier stattfinden, Begegnungen sind vorgesehen."

Bei der Erwähnung des Nationalparks durch Steiner zuckte Max zusammen. Aber, so dachte er dann, ein Haus kann nichts für seine Besitzer und noch weniger für seine Benutzer. Erst der Streber, der vollendete Kavalier und jetzt der Nationalpark.

Eva hätte ihn für diese Gedanken schwer gerügt. Wahrscheinlich zu Recht.

Mittlerweile waren Max und der immerfort mit einem gewissen Besitzerstolz erzählende Steiner an der Hinterfront des Hauses angelangt.

„Sehen Sie, hier haben sie es das erste Mal probiert". Steiner zeigte auf die schwere Holztür, die in der Nähe des Türschlosses Einbruchsspuren aufwies. „Das war aber nicht sehr professionell", kommentierte Max.

„Auch das zweite Mal, als sie es am Fenster versucht haben, sind sie ziemlich stümperhaft vorgegangen, zum Glück! Und dann sind sie offenbar auch noch jeweils gestört worden. Das müssen sowieso ziemliche Idioten sein, die sollten das doch eigentlich wissen, dass es hier nichts zu holen gibt, überhaupt nichts", redete Steiner sich in Rage. „Noch nicht einmal möbliert sind die Räume. Jedenfalls mit keinen Möbeln, für die es sich lohnen würde."

„Und es gibt nichts, was eventuell mal irgendwelche Vorbesitzer dagelassen haben könnten?"

Steiner lachte laut auf: „Jeder der Besitzer hat auf irgendeine Weise Pleite gemacht, was soll denn da sein? Da hat doch keiner mehr als seine Hosenknöpfe gehabt, als sie ausgezogen sind… ausziehen mussten", korrigierte sich Steiner. „Außer der Elise. Die hat noch was gehabt, als sie sich vergiftet hat. Doch das hat dann der saubere Herr Streber durchgebracht. Der Zorn könnte einem noch heute kommen!"

Steiner war tatsächlich rot geworden im Gesicht, so sehr hatte er sich ereifert. „Aber, was erzähle ich, das interessiert einen alten Kriminaler wie Sie vermutlich überhaupt nicht. Ich möchte Sie, Herr Esterl, bitten uns zu helfen, dass nicht wieder so ein Einbruch geschieht. Wer das war, werden wir sowieso nicht herauskriegen, da hat uns schon die Zwieseler Polizei keine großen Hoffnungen gemacht. Was kann man tun? Raten Sie uns! Teuer darf der gute Rat, den Sie uns geben dann allerdings nicht sein." „Dafür gibt´s keine EU-Zuschüsse", dachte Max boshaft.

„Ja, Herr Steiner, da kann man vielleicht helfen." „Egon heiße ich, sagen wir doch besser Du zueinander, jetzt wo wir zusammenarbeiten." Max hatte zwar von einer Zusammenarbeit noch nichts gesagt, er hatte praktisch überhaupt noch nichts gesagt, aber nun, so fand Max, war es an der Zeit, dem Fördervereinsvorsitzenden das zu erzählen, was er über ein mögliches Einbruchsmotiv wusste.

Steiner stöhnte mehrmals, als er von einem Familienschmuck hörte und kommentierte halblaut „wenn´s nur so wäre, wenn´s nur so wäre, dann wären wir unsere Finanzsorgen los". Als Max fertig erzählt hatte, lachte sein Zuhörer bitter: „Du kannst mir glauben, Max. Ich habe jeden Stein in der Hand gehabt, als renoviert wurde, jedes Fußbodenbrett. Da ist nichts. Keine Kassette, keine Perlenkette, kein Golddiadem, keine Ringe, keine Münzen. Nichts ist da!"

„Seltsam, seltsam! Einbrecher sind da, aber es ist nichts da, weswegen sich ein Einbruch rentieren könnte. Was machen wir da?" Mehr zum Scherz beantwortete Max seine Frage selber: „Dann fragen wir doch die Einbrecher selber, heute Nacht!" Der Mund vom Steiner stand so lange offen, bis Max ihm erklärte, warum er so sicher war, die Einbrecher noch heute Nacht begrüßen zu können: „Ich habe da ein Gespräch belauscht, zufällig. Und da ist ein Termin ausgemacht worden: Heute Nacht soll ein Einbruch stattfinden. Bisher habe ich nur den Zeitpunkt des Einbruchs bestimmt gewusst, aber jetzt ist das Puzzle komplett, fast komplett. Jetzt bin ich mir ganz sicher, welchem Ort der Einbruch gelten soll. Wie schaut es aus mit dir, heute Nacht? Hast Zeit für ein Rendezvous?"

Erst überlegte er kurz, dann aber beeilte sich der Schlossbesitzervereinsvorstand zu erklären: „Du, Max, ich möchte dir ja heut Nacht so gern helfen, aber grad heut geht´s auf keinen Fall, heut Abend hab ich einen Termin, ganz wichtig, für´s Schloss, weißt schon."

Max wusste gar nichts, er wollte schon ironisch bemerken, dass er halt die Einbrecher bitten würde, zu einem anderen Termin zu kommen, sagte aber: „Mit denen werd ich auch allein fertig, bin schon mit ganz anderen Kalibern fertig geworden." Gleich darauf bereute Max diesen Satz schon ein wenig.

„Alter Angeber", hätte Eva jetzt zu ihm gesagt, wenn sie dabei gewesen wäre.

Heute Nacht sollte Max seinen so sorglos ausgesprochenen Satz noch ein wenig mehr bereuen.

Augen auf ... und durch!

Ausgerüstet mit dem Generalschlüssel für das Herrenhaus, den ihm Egon Steiner gegeben hatte, mit einer Taschenlampe, einer Decke, einer Flasche Wasser, seinem Handy und einem Prügel betrat Max eine Stunde nach Einbruch der Dunkelheit das Schloss. Eva hatte er erzählt, dass er das Schloss beobachten wolle und dass es später werden würde, womöglich bis in die Morgenstunden dauern könne. Er hatte aber so geklungen, als ob er im Auto sitzen bleiben würde und eine Art Beobachtungsfunktion ausüben würde. „Nix Gefährliches. Auf keinen Fall".

Irgendetwas hatte er vergessen, aber er kam nicht drauf. „Sch… Alzheimer", fluchte er leise in sich hinein, begann aber gleich, sich den strategisch günstigen Platz zu suchen, den er gemeinsam mit Steiner heute Vormittag gewählt hatte. Nachdem dieser nicht an der Wache teilnehmen konnte oder wollte, hatte Max den Jiří im Bräustüberl gesucht, ihn informiert und gefragt, ob er ihm beistehen könne. Deutsch – tschechische Sonderkommission sozusagen.

„Du weißt, Max, wird ich gern machen, fir dich, abr auch, weils mich selbr intressirt. Du weißt abr auch, was is los, Samstag im Breistiberl. Helle is los. Vir Tisch Kartenspilen und Vreinsvrsammlung Taubenpost."

Man musste schon gut mit den Verhältnissen vertraut sein, um jetzt zu wissen, dass der Verein der Brieftauberer ausgerechnet heute seine Jahreshauptversammlung mit Auszeichnung der weitesten Flüge im Bräustüberl abhielt. „Abr, Max, sofort, wenn Versammlung Ende und Kartenspilr letzte Solo und bezahlt, dann komm ich."

„Also gegen halb zwei, frühestens", gab Max eine realistische Einschätzung der Arbeitszeiten des Kellners von sich. „Kommen sowieso nicht frihr", grinste Jiří. „Erwin ist vorher noch in Bordell in Železna Ruda, Happy Hauer, weißt du – Frihtarif."

Max wusste nicht, konnte sich aber seinen Reim darauf machen. „Gib dir Numma von meins Handy, rufst an, wenn´s netig. Dreimal leiten, wenn´s nix sagn kannst. Ich komm mit hundrtdreißig."

Schon zweimal hatten sie dem Jiří den Führerschein geknipst wegen Schnellfahrens. „Gleich, wenn ich daheim bin, gebe ich Jiřís Nummer in mein Handy", nahm sich Max vor, ehe er das Bräustüberl verließ und eilig den Heimweg antrat. Wenn Eva kochte, und das konnte sie nur am Wochenende, dann erwartete sie auch, dass Max pünktlich heimkam.

Max betrat das menschenleere Schloss und lauschte erst einmal in die Stille hinein. Natürlich hatte Jiří recht gehabt. Die Einbrecher würden nie vor Mitternacht kommen, Happy Hour hin oder her. Aber jetzt war er da und es war besser so. Seine Sinne konnten sich an die Situation gewöhnen. Der Raum, den sich Max zum Warten ausgesucht hatte, war ein Nebenraum im Erdgeschoß. In ihm befanden sich zwei Schränke. Den kleineren davon hatte Max so zurechtgerückt, dass er ihm einerseits Deckung bot, andererseits stand er aber jetzt so nahe neben einer Tür, die ins Freie führte und die Max nur angelehnt hatte, dass er jederzeit abhauen konnte. Jetzt hieß es warten, warten, bis die Einbrecher kamen. Oder auch nicht.

Irgendwie kam die Situation dem Max jetzt etwas absurd vor. Was machte er eigentlich da? War er nicht schon etwas zu alt für solche Spiele? Was hätte er in seiner aktiven Zeit zu einem halbirren Pensionisten gesagt, der noch einmal Detektiv spielen wollte?

Ein Rückzug aber kam für Max nicht mehr in Frage. Dann wäre er erst recht blamiert. Also Augen zu und durch… . Augen auf und durch, natürlich.

Max hatte es sich neben dem Schrank bequem gemacht, die Decke unter sich, mit dem Rücken zur Wand saß er da und ließ alle Sinneseindrücke auf sich wirken. Der Raum roch ziemlich intensiv nach Holz und nach dem Wachs, mit dem man die frisch abgeschliffenen Holzböden behandelt hatte, eine Kombination, die Max als sehr angenehm empfand. Die Geräusche des alten Hauses störten Max nicht. Die gehörten dazu und verliehen so einem Bau seinen ganz eigenen Charakter. Nur einmal, kurz vor Mitternacht, schreckte Max ein wenig auf, als ein Windstoß die angelehnte Tür öffnete. Die nächtlichen, kalten Bayerwaldfallwinde. Die Biergartenentvölkerer.

Max schloss die Tür. War besser so. Die Einbrecher würden sofort alarmiert sein, wenn sie merkten, dass da eine Tür nur angelehnt war.

Um ein Uhr hörte Max Geräusche. Da näherte sich jemand dem Haus. Max spähte durch die Tür und versuchte, in der Dunkelheit etwas zu erkennen. Seit

Mitternacht war die Straßenbeleuchtung abgeschaltet, die vorher noch für etwas Licht gesorgt hatte. Vor einigen Wochen, als er von den Sparmaßnahmen des Gemeinderates in der Zeitung gelesen hatte, war Max noch voller Respekt gewesen für diesen Beschluss. Jetzt sah das anders aus. Wenigstens jede zweite hätte man leuchten lassen können.

Max hörte Zweige knacken. Da schlich jemand heran! Max setzte sich anders hin, sodass er sofort aufspringen konnte und starrte durch die Glasscheiben der Tür. Eine dunkle Gestalt näherte sich dem Herrenhaus. Nur eine? Wo war der andere? Und warum schwankte die Gestalt? War der Erwin auch jetzt besoffen? Hatte die „Happy Hauer" mit einer Flasche Bohemia – Sekt halbtrocken geendet? Warum war der Erwin jetzt plötzlich viel kleiner als Max ihn in Erinnerung hatte? War das überhaupt Erwin?

Max schüttelte den Kopf, als er sah, wie der Schatten sein Hosentürl aufmachte und, heftig schwankend, in die Büsche bieselte, die nicht weit vom Herrenhaus entfernt standen. Frisch gepflanzt. Dann wird's einer vom Förderverein sein, dachte Max, der sich auch nachts noch darum kümmert, dass die Sträucher gegossen werden. Respekt! Nach wenigen Minuten waren zwei Personen erleichtert: der nächtliche Heimkehrer und Max, der froh war, dass sich dieser endlich wieder trollte.

Jetzt hieß es aufpassen. Max vermutete, dass das Einbrecherduo das Objekt seiner Tat schon vorher einige Zeit beobachten würde. Ein Profi war der Erwin zwar offenbar nicht gerade, aber dumm schien er auch nicht zu sein. Der Zwischenfall mit dem Biesler würde die beiden Eindringlinge wohl eher zum Handeln bringen, sagte der Psychologe in Max. Auf seine Intuition hatte er sich immer verlassen können. „Fast immer", hätte jetzt Eva gesagt, und sie hätte wie immer Recht gehabt. „Fast immer", brummelte Max in seinen Bart, ehe er erstarrte und, die Ohren gespitzt wie der Nationalparkluchs, im Schatten des Schranks dasaß. Da waren sie. Eine schnelle Bewegung hatte Max wahrgenommen, nicht mehr als ein Huschen zwischen den Sträuchern, aber das hatte gereicht. Angestrengt starrte der Ex-Kriminaler in die Dunkelheit hinaus. Nichts zu sehen. Die Einbrecher ließen sich offensichtlich Zeit. Sie hatten ja schon einmal ohne Erfolg abbrechen müssen, überlegte Max, da werden sie heute nichts verpatzen wollen.

Da! Ein Knacken von einem Ast war zu hören, dann Geräusche, wie wenn jemand sich an einer Tür oder an einem Fenster zu schaffen machen würde. War das gleich nebenan oder war es ums Eck? Seit er vor Jahren bei einem gefährlichen Einsatz im Münchener Bahnhofsviertel einen heftigen Schusswechsel mitgemacht und dabei ein Schusstrauma erlitten hatte, konnte Max nicht mehr räumlich hören.

Jetzt war auf jeden Fall der Augenblick gekommen um Jiří anzurufen. Etwas nervös nestelte Max das Handy aus der Tasche. Die Nummer von Jiří hatte er eingespeichert… einspeichern wollen! Mit einem Mal wusste Max, was er den ganzen Tag in Gedanken mit sich herumgetragen hatte, ohne dass es ihm eingefallen war:

er wollte die Nummer vom Jiří einspeichern. Kruminale, dass es schon so weit mit ihm war, hätte Max nicht gedacht. Dann musste er Jiřís Nummer eben wählen, die Gangster waren im Moment wohl gerade im oberen Stock beschäftigt, denn Max hörte ein Knirschen und Knacken von dort, wie wenn jemand den Fußboden aufbrechen würde.

Die Nummer vom Jiří bewahrte Max in seinem Geldbeutel auf, im Kleingeldfach, wie alle wichtigen Erinnerungszettel, die gleich erledigt werden mussten. Diesmal hatte seine Taktik mit dem Kleingeldfach nicht funktioniert, weil er schon so ein Trottel war, aber noch war nichts verloren. Max wurde ein wenig nervös. Noch nervöser allerdings wurde Max, als er den Zettel in der Hand hielt und die Nummer ablesen wollte. Für so einen schweren Fall reichte sein Lieblingsschimpfwort „Kruminale“ nicht mehr: „Zefix“, zischte Max. „Zefix“. Im Halbdunkel konnte er nichts lesen und seine Brille, die lag im Wohnzimmer, gleich neben der Fernbedienung.

Die Taschenlampe einzuschalten traute sich Max nicht. Was war, wenn noch ein Dritter draußen Schmiere stand und das Haus beobachtete? Also musste Max alleine mit der Situation fertig werden, einer Situation, die ihm zunehmend absurder vorkam. In seiner aktiven Zeit hätte Max gar nicht über so etwas nachgedacht. Er wäre bewaffnet gewesen, mit Kollegen im Hintergrund, hätte notfalls die Gangster überrumpelt mit seiner Polizeiautorität. „Polizei, keine Bewegung, sonst machen wir von der Schusswaffe Gebrauch“ oder, wie ein Kollege einmal formuliert hatte, „oan Finger wennsd hebst, hast a Loch in deiner Jackn."

Und er stand da mit einem Prügel in der Hand und einem nutzlosen Handy in der anderen.

Natürlich konnte Max die Einbrecher versprengen, indem er Krach schlug. Noch aber hatte er niemanden so richtig zu Gesicht bekommen, konnte niemanden identifizieren. Und wenn das Duo in Panik geriet? Sogar Tote hatte es schon gegeben, als Einbrecher überrascht worden waren, das wusste niemand besser als Max. Also still halten, Nerven bewahren und auf eine günstige Gelegenheit warten. Und wenn die Gangster auch im Zimmer suchten, in dem Max sich befand? „Oh, Entschuldigung, suchen sie was? Ich bin gerade zufällig hier und kann vielleicht helfen." Das würde sich nicht so gut machen, davon war Max inzwischen überzeugt. Also Rückzug! Vielleicht von draußen die Polizei rufen, Nachbarn alarmieren. Langsam schlich Max zu der Tür, die nach außen führte, gebückt, so dass keiner von draußen ihn sehen konnte, öffnete die Tür ganz vorsichtig und geräuschlos, steckte, noch immer auf den Knien, seinen Kopf hinaus und spürte einen gewaltigen Hieb, der ihm fast den Schädel wegriss. "Zefix", war der letzte Gedankenfetzen, der Max noch durch den Kopf schoss. "Zefix". Dann war es schwarz um Max herum, aber nur kurze Zeit. Max kam wieder zu sich, konnte aber nur Schemen sehen.

Wie aus weiter Ferne hörte Max Stimmen, „Scheiße" und „dobre delle", konnte er unterscheiden, er merkte, wie ihn jemand wegzerren wollte, dies alles aber war sonderbar weit weg, gedämpft, ohne Bezug zu ihm. War er schon auf dem Weg hinüber? Quasi Nahtoderfahrung?

Schließlich schlug Max, während er an den Füßen weggezogen wurde, mit seinem Schädel so stark auf dem Boden auf, dass es erneut schwarz vor seinen Augen wurde. Diesmal tiefschwarz!

„Max, Max…Max", wieder wie von weiter Ferne hörte Max jemand rufen. „Gott ruft mich bei meinem Namen, es ist so, wie es in der Bibel steht." Aber dass dieser Gott einen böhmischen Akzent hatte! Einen böhmischen Kellnerakzent? Die Hände, die ihn eben noch wegschleppen wollten, ließen von ihm ab.

„Jeschusch, Maria, Josäf, wos hams mit dir gmacht?" Die Stimme, die Max jetzt hörte, kam ihm ganz bekannt vor. Wenn das gar nicht Gott war, sondern… .

„Mein Gott, Jiří", Max wurde gar nicht bewusst, was er eben gesagt hatte. Er war nur froh, froh und erleichtert. „Hilf mir auf", stöhnte der Ex-Kommissar, doch Jiří befahl „bleibs liegen!".

Bevor es Max zum dritten Mal schwarz vor den Augen wurde, nahm er noch wahr, dass Jiří mit dem Handy telefonierte.

Als das Bild wieder schärfer wurde, erkannte Max einen Mann in Notarztklamotten, der sich über ihn beugte und etwas sagte, das wie „sind wir wieder da?" klang. Was der Arzt sonst noch redete, verstand Max nicht, es wurde vom Martinshorn des Krankenwagens übertönt. Max war das alles furchtbar peinlich. Was würden seine Freunde von der Polizei dazu sagen, wenn alles herauskam und es würde herauskommen, das wusste Max ganz sicher: Seine Eigenmächtigkeit, sein absolut amateurhaftes Vorgehen? Altersstarrsinn würden sie ihm vorwerfen, dass er es nicht lassen könne, der alte Depp.

Und erst Eva! Das mochte Max sich nun wirklich nicht vorstellen. Lieber eine kleine Ohnmacht… .

Max erwacht

Andererseits hatte sich sein Verdacht wohl bestätigt, musste sich bestätigt haben, nach dem, was gestern vorgefallen war, das dachte Max als erstes, nachdem er wieder aufgewacht war.

Als zweites, als er die Augen aufgeschlagen hatte, dachte er nur noch an Verteidigung, denn vor seinem Krankenhausbett stand Eva. In ihren Augen las Max die Vorwürfe, Vorwürfe, die er sich ja selber auch machte, deren Berechtigung er aber nicht zugeben durfte, nicht einmal vor sich selber. So war Max es gewohnt von seiner aktiven Zeit her: er konnte zwar sein Vorgehen kritisch sehen, es in diesem Fall sogar als stümperhaft bezeichnen, sich selber aber stellte Max nicht in Frage, hatte er nie, wo wäre er da hingekommen, in seiner aktiven Zeit! Kruminale!

Eva sagte nichts, Max sagte auch nichts, aber in den Augen von Eva konnte Max, außer der Verärgerung über sein riskantes Vorgehen und der Enttäuschung darüber, dass er ihr nicht die volle Wahrheit über sein Vorhaben gesagt hatte, auch noch etwas anderes sehen: die Sorge um ihn. Mit einem Seufzer lehnte Max sich zurück. „Sag jetzt nichts … ich weiß eh", versuchte Max das aufziehende Gewitter noch zu mildern. Zu spät. Der Sturm hatte schon eingesetzt, die Wolken um das Gesicht von Eva hatten den ganzen Raum verdüstert, ihre Augen hatten sich gewandelt und begannen, Blitze zu schleudern, der Donner ihrer Stimme würde bald erklingen. Max schloss ergeben die Augen und wartete vergeblich darauf, dass eine erneute Ohnmacht ihn erlöste.

Die Erlösung kam in ganz anderer Form. Max hörte, wie die Tür aufflog, er spürte sogar einen Luftzug, der durch die hereinstürzende Person verursacht wurde und er vernahm ein Donnerwetter, das jetzt von einer ganz anderen Seite her kam und das vorhergehende an Wucht und Lautstärke noch weit übertraf.

„Ich kann´s nicht glauben", hörte Max und obwohl er seine Augen weiter geschlossen hielt, wusste er, wer da vor ihm stand, sicher mit hochrotem Kopf und in Uniform. „Ludwig", startete Max einen Erklärungsversuch, öffnete die Augen und wusste sogleich, dass er gegen dieses Gewitter nicht ankommen würde: Ludwig Rindl, der Freund aus alten Tagen hatte seine Einsneunzig vor dem Bett aufgebaut, Eva sah gegen ihn richtig zierlich aus, sein stattlicher Bauch ragte geradezu bedrohlich über das Bett von Max und auch die Worte Ludwigs, die direkt aus diesem Bauch zu kommen schienen, hörten sich bedrohlich an:

„Ich kann´s nicht glauben, dass du alter Depp noch so was machst. Hams dir bei der Pensionierung s´Hirn abgeschaltet? Hin hättst sein können, maustot! Glaubt er, er wär der Sheriff, der Sheriff von Ludwigsthal! Eigenmächtig und dumm! Glaubst as, i kannt dich dagatzn".

Max war zum Speiben, sein Kopf wollte gerade zerspringen, er brachte kein Wort heraus. Da kam Hilfe von einer Seite, von der er sie gar nicht erwartet hätte. „Aber immerhin war Max offensichtlich auf der richtigen Spur und hat so einen Einbruch gestoppt. Hätten Sie da zwei von Ihren Beamten hingestellt? Kann ich mir nicht vorstellen! Der Max hat seinen Kopf für euch hingehalten, buchstäblich. Und jetzt muss er sich das anhören. Ohne ihn hättet ihr ja bis heute noch keine Ahnung, was da läuft!"

Ludwig Rindl war um einen Kopf kleiner geworden, seine Gesichtsfarbe aber war jetzt vom Hochroten ins Tiefrote gewechselt. „Bravo, Eva", dachte Max voller Stolz und auch sein Kopfweh hatte sich gebessert, vom Speibenmüssen keine Spur mehr. „Und überhaupt, der Arzt hat gesagt, der Max muss geschont werden mit seiner schweren Gehirnerschütterung, der ist ja noch gar nicht vernehmungsfähig, es ist besser, wenn Sie jetzt diesen Raum verlassen. Auf Wiedersehn."

Der Bauch vom Ludwig, auf den Max die ganze Zeit gestarrt hatte, straffte sich. „Ja, wenn das so ist, ja also dann nix für ungut, Max, weißt as ja eh, die Sorge halt, alter Freund und gute Besserung und Ihnen auch, Frau Esterl und…Servus. Aber wennsd vernehmungsfähig bist, kommst in d´Inspektion, du weißt ja, wo wir sind."

Max wollte gerade Eva danken für ihren Beistand in höchster Not, da hörte er von ihr nahezu die gleiche Arie, die ihm schon der Vizepolizeichef vorgesungen hatte. Nur zwei Oktaven höher und in gepflegtem Hochdeutsch. „Da verstehe einer die Frauen", dachte Max, bevor er wieder in Schlaf versank.

Der Hochzeitstag

Drei Tage später wurde Max aus dem Krankenhaus entlassen. Jiří hatte ihn besucht, war aber mit Max nicht über den Fall ins Gespräch gekommen. Ständig war Eva dagewesen, als wenn sie etwas geahnt hätte. „Die Frauen halt" dachte Max. Es würde sich schon eine Gelegenheit finden zu einem Gedankenaustausch mit dem Kellner. Jetzt lag Max daheim im Wohnzimmer und las die Zeitungen der letzten Tage. Nach den Schlagzeilen im Lokalteil des „Dschungelboten" würden die Täter es sich sowieso überlegen, ob es sich lohnte, nochmals einen Einbruch in Ludwigsthal zu riskieren.

„Überfall in Ludwigsthal" hatte der Lokalreporter gereimt und von einem brutalen Totschlagversuch an einem Ex-Kriminaler aus München geschrieben. Mysteriös sei die Geschichte, weil niemand sich vorstellen könne, was die Gangster in dem leeren Herrenhaus gesucht haben könnten. Sie hatten an mehreren Stellen den Fußboden aufgerissen, neben einem der Kamine hatten sie auch den Putz runtergeschlagen, bis ihnen klar geworden war, dass sie nichts finden würden. Nichts, was die Handwerker nicht schon vorher bei der Renovierung gefunden hätten. Nach den Spuren, die die Einbrecher hinterlassen hatten, musste die ganze Aktion doch ziemlich lang gedauert haben. Der Schlag musste Max also für einen längeren Zeitraum außer Gefecht gesetzt haben. Kein Wunder, dass sein Schädel immer noch brummte! Max tastete sacht nach der Stelle. Als er diese erreicht hatte, zuckte seine Hand wie vom Blitz getroffen zurück und er stöhnte heftig. Erst nach einigen Minuten war Max wieder in der Lage, weiter zu lesen.

Auch über Max´ Anwesenheit während der Nacht machte sich der Journalist Gedanken: „Was hat das Opfer mit der Geschichte zu tun?"

„Gar nicht so dumm", musste Max anerkennend feststellen. Der letzte Satz des Zeitungsberichts dagegen gefiel dem Ex-Kommissar überhaupt nicht. „Der Bayerwaldbote bleibt am Ball und wird seine Leser weiter informieren".

Wenn sich da jetzt jeder einmischte!

Als Max Tage später sein Auto in Ludwigsthal abholte, hatte er mit dem Schlossverwalter Steiner einen Termin vereinbart. Steiner zeigte Max die Schäden, die die Einbrecher angerichtet hatten und erzählte ihm, dass die Polizei doch ziemlich akribisch nach Spuren gesucht, aber nichts gefunden habe. „Denen muss doch inzwischen klar sein, dass es hier nichts zu holen gibt. Wir haben bei der Renovierung wirklich jeden Fußboden aufgerissen, die Wände neu verputzt, da wäre uns bestimmt aufgefallen, wenn etwas dort versteckt wäre. So einen Schatz könnten wir schon selber brauchen, die Renovierungsarbeiten fressen den Verein geradezu auf, wir können kaum mehr die Rechnungen bezahlen. Die Schäden, die die Einbrecher angerichtet haben, bedeuten für uns auch finanziell eine Katastrophe." Steiner blickte Max ziemlich verzweifelt an. „Keine Versicherung zahlt, weil wir noch nicht die entsprechenden

Alarmanlagen hatten. Aber wozu denn Alarmanlagen, wenn keine Wertsachen da sind? Außerdem war ja in der betreffenden Nacht das Schloss bewacht, sogar durch die Kripo…durch die pensionierte", verbesserte sich Steiner.

Max beschloss, aus den Worten Steiners keine Kritik an seiner Wachsamkeit herauszuhören. „Naja, andererseits könnten die Einbrecher aus der Anwesenheit eines Kommissars –wenn auch eines pensionierten", diesen kleinen Seitenhieb konnte sich Max nicht verkneifen „den Schluss ziehen, dass sich im Schloss doch etwas Wertvolles verbergen könnte. Trotzdem glaube ich dass die Gefahr gebannt ist. Ich würde allerdings mit einer kleinen List nachhelfen. Kennst du den Journalisten vom Bayerwaldboten, der den Artikel über den Einbruch geschrieben hat?"

„Ja natürlich, der war eine Klasse unter mir am Gymnasium in Zwiesel, wir haben zusammen Fußball gespielt, beim SC Zwiesel in der Jugendmannschaft."

„Dann frag ihn doch, ob er nicht einen Artikel schreibt, in dem er, ausgehend vom Einbruch, berichtet, wie ihr das ganze Herrenhaus auf den Kopf gestellt habt um den „Schatz" zu finden, leih dir einen Metalldetektor aus, lass dich damit fotografieren, tu alles um den Eindruck zu erwecken: Hier ist k e i n Schatz. Kruminale. Unser Lokalblatt ist froh um eine schöne Story und du bist die Gangster los. Endgültig!"

An seinem Gesicht konnte Max erkennen, dass Steiner diese Idee ausnehmend gut gefiel.

„Hund seid´s ihr schon, ihr Kriminaler."

Schon am nächsten Samstag hatte der Artikel im Bayerwaldboten gestanden, zwischen dem Bericht über das Klassentreffen des Schülerjahrgangs 1944/45 der Mädchenvolksschule Zwiesel („Kriegsjahrgang hat sich gut gehalten") und der Vorschau auf den „Zwieseler Fink", das alljährlich stattfindende Volksmusikantentreffen („Wo baut sich der Fink heuer sein Nest?"). Zwei Bilder dokumentierten, wie sinnlos es sein würde, im Schloss Ludwigsthal weiter nach dem Schatz zu suchen. Auf einem waren ausgerissene Holzdielen zu sehen, auf die Steiner deutete, auf dem anderen agierte Steiner mit einem Apparat, der als „Metalldetektor" vorgestellt wurde. „Der Schatz hätte für den schuldengeplagten Förderverein die Rettung bedeuten können", resümierte der Redakteur zum Schluss des Artikels. „Durch die Einbrecher und die von ihnen verursachten Schäden ist er aber eher zum Fluch für das Schloss Ludwigsthal geworden."

Während Max sein Frühstücksmohnsemmerl mit Marmelade bestrich, hatte er seiner Frau, die immer erst den Politikteil las, den Lokalteil hinübergereicht.

„Noch einmal hat der Vollendete Kavalier zugeschlagen", kommentierte Eva den Zeitungskommentar. „Nach über hundertfünfzig Jahren. Das wäre glatt ein Thema für meinen Deutschkurs in der Oberstufe. Diese Suppe sollte übrigens auch dein neuer Freund Steiner kochen! Spukt der Vollendete Kavalier wieder in dem Schloss, in dem er seine Frau in den Selbstmord getrieben hat? Sucht er heute noch den Schatz der Baronesse? Hat er einen Bayerischen Ex-Kriminaler so zugerichtet, dass dieser sein – allerdings zugegeben schon löchriges – Gedächtnis verloren hat?“

„Was soll ich haben? Ein löchriges Gedächtnis? Da hört sich doch alles auf“, empörte sich Max. „Ein großes schwarzes Loch scheint dein Gehirn inzwischen zu verdrängen, lieber Max“. Eva schien sich über ihn lustig zu machen. Das war aber kein guter Scherz. Wie viele ältere Menschen hatte Max Angst vor möglichen Anzeichen einer beginnenden Demenz. Wie viele ältere Menschen scheute sich Max davor, zuzugeben, dass nicht mehr alles so funktionierte wie früher.

„Brauchst nicht gleich beleidigt zu sein“, beeilte sich Eva zu sagen, als sie sah, welches Gesicht ihr Mann zog. „Aber, hast du nicht das Gefühl, du hättest an etwas denken sollen. Heute. Genau heute.“

Das Mohnsemmerl, das Max vor Verlegenheit aus der Hand fiel, landete natürlich genau auf der Marmeladenseite. Oh je. Da hatte er sein Ehekonto wieder einmal ganz schön strapaziert. Hochzeitstag vergessen! Das gab Minuspunkte ohne Ende.

„Liebe Eva“, stotterte Max mit inzwischen vom Bücken – oder vor Verlegenheit – hochrotem Kopf. „Liebe Eva, wie kann ich…was kann ich?“

Richtig beleidigt schien Eva, wenn Max die Zeichen richtig deutete, aber nicht zu sein. Die Buße fiel auch gar nicht so streng aus: „Mir würde es genügen, wenn wir gleich nach dem Frühstück einen Ausflug machen könnten. Auf einen der Berge oder einen der Schachten. Heute ist vielleicht der letzte wirklich schöne Herbsttag. Wir nehmen uns den ganzen Tag Zeit und wenn wir runterkommen, kehren wir noch auf eine Brotzeit ein.“

Seine Eva war die beste Ehefrau von allen. Seit wie vielen Jahren eigentlich?

Max verschwand schnell, um seine Wanderausrüstung zu holen, bevor ihn wieder die Gedanken an diese verdammte Demenz plagten.

Eva traut sich

Der Parkplatz in Spiegelhütte war leer gewesen, als Eva und Max dort ankamen, trotz des schönen Herbstmorgens. Das heißt, völlig leer war er nicht, ein Wagen mit einheimischem Nummernschild stand ganz in der Ecke des Platzes, halb verdeckt unter Bäumen. Ein aufgemotzter BMW, getunt und verspoilert, eigentlich nicht das Fahrzeug, das man am frühen Vormittag auf einem Wanderparkplatz am Rande der Zivilisation anzutreffen erwartete. Max´ Neugier war geweckt. Irgendwie kam ihm der Schlitten auch bekannt vor: Hatte er den nicht öfter vor dem Bräustüberl gesehen? Eva schüttelte nur den Kopf, als sie sah, wie Max an der Motorhaube überprüfte, ob sie noch warm war. „Übertreib´s nicht", war ihr Kommentar. Aber da hatte Max schon längst seine Schlüsse gezogen. Der kalte Motor und das Laub auf dem Autodach und der Motorhaube sagten ihm, dass der BMW nicht erst seit heute morgen dastand. „Jetzt geh endlich!", riss ihn Eva aus seinen Gedanken. Max schulterte seinen Rucksack und folgte Eva, die den Herbstwald schon betreten hatte.

Max zwang sich, die Gedanken, denen er nachhing abzuschütteln. Dieser Tag hatte es nicht verdient, dass man sich mit Verbrechen beschäftigte.

Der Weg, den das Paar ging, führte ständig bergauf durch einen alten Mischwald. Buchen, Fichten und Tannen und hie und da ein Bergahorn säumten den Pfad. Das Laub der Bäume hatte sich schon herbstlich gefärbt. Gelb, braun, ja gar dunkelrot leuchteten die Blätter, die immer wieder Sonnenstrahlen durchscheinen ließen. Diese zeichneten helle Muster auf die Steine des Weges, sie spiegelten sich im Wasser des Bächleins, das ihnen einige Zeit entgegenfloss. Als die beiden an eine Lichtung kamen, die sonnenbeschienen dalag, umwehte sie ein letzter Geruch des Sommers, der würzige Duft der Fichtennadeln, die die Sonne erwärmt hatte, zog durch die Luft.

„Einige Tage noch", sinnierte Max. „Dann wird der erste Frost kommen in diesen Höhenlagen und es wird aus sein mit der Herrlichkeit. Und in wenigen Wochen schon wird es schneien. Viel. Hoffentlich." Max hatte vor, sich neue Ski zu kaufen und damit jede Woche zwei-, dreimal zum Arber zu fahren. Zwei Stunden genügten ihm inzwischen. Zwei Stunden flottes Fahren, dann taten ihm die Oberschenkel so weh, dass er froh war, dass er zum Mittagessen nach Hause „musste". Aber noch war es nicht so weit. Max wischte sich den Schweiß von der Stirn und aus dem Gesicht. Inzwischen hatten sie die alte Forststraße, die sich in großen Serpentinen den Berg hinaufwand, schon das dritte Mal überquert. Bald mussten sie oben an der großen Wegkreuzung ankommen, zwischen Scheuereckberg und Kiesruck gelegen, an der sie sich entscheiden mussten, in welche Richtung sie weitergehen wollten: zum Schachtenhaus oder an die böhmische Grenze, zum Gsenget, wo man vor Jahren den alten Fußgängerübergang nach Böhmen wieder aufgemacht hatte.

Aber vorher öffnete sich ihnen ein Blick zurück. Durch den Windbruch, den ein verheerender Orkan vor Jahren verursacht hatte, waren Aussichtsplätze an Stellen entstanden, die Max noch nicht kannte. Stumm standen Eva und Max da, sich an den Händen haltend und die Herrlichkeit der Bayerwaldberge betrachtend. Jetzt, am Vormittag, waren die Berge noch klar zu erkennen. Drüben die mächtige Kuppel des Falkensteins, dahinter, genau an der Grenze, nahezu kahlrasiert durch den Sturm, der Lakaberg. Der war von Zwiesel aus fast nicht sichtbar, versteckte sich hinter seinem Bruder, dem Falkenstein. Von hier aber sah man, was der Windbruch und sein Nachfolger, der Borkenkäfer alles angerichtet hatten. Vom Falkenstein ging der Blick hinüber, auf die Berge, die sich oberhalb Rabensteins auftürmten. Der Hennenkobel, der Rabensteiner Hausberg war zu sehen, dahinter der Bodenmaiser Silberberg, bläulich schimmernd, und dann, etwas weiter entfernt, beschlossen die Berge des Vorderen Bayerischen Waldes den Horizont. Den Pröller sah man, den Hirschenstein und den Vogelsang. In zartem Blau schimmerten sie herüber zu den beiden Wanderern, die stumm dastanden und schauten… .

Als sie sich wieder ihrem Weg zuwandten, erblickten Eva und Max, dass das Sträßlein zum Schachtenhaus von den vielen Holzfuhrwerken, die während des Sommers die Windwurfstämme abtransportiert hatten, übel zugerichtet worden war. „Scheiß Nationalpark“, machte Max seiner tief sitzenden Aversion Luft. „Na, na“, erstickte Eva die sich anbahnende Wutrede im Keim. „Ihr Nationalparkgegner habt doch immer gefordert, dass der Windwurf aufgearbeitet wird. Das passt dir jetzt auch nicht?“

„Wir gehen Richtung Gsenget und böhmische Grenze“, wich Max aus. „Da gibt es eine Abkürzung über die alte Schwelle, mal sehen, ob ich die noch finde. Traust Dich?“

Das Wort „Abkürzung“ hörte Eva nicht gerne. Oft schon hatte sie sich von Max dazu überreden lassen, eine Abkürzung zu nehmen. Und oft schon waren die beiden dann in undurchdringlichem Dickicht gelandet. Oder knietief im Sumpf gestapft. Oder – und daran erinnerte sich Eva wirklich mit Schrecken – sie waren in felsigem Gelände festgesteckt und mussten einen geradezu lebensgefährlichen Weg zurückklettern. Oft allerdings hatten sie auf den Abkürzungen von Max auch schon traumhafte Wege gefunden, Wege, die schon lange keiner mehr benutzte und die sicher in einigen Jahren nicht mehr gangbar sein würden. Aber heute war ihr Hochzeitstag, also ein Glückstag. „Ich trau mich, oder soll ich sagen ich trau Dir?“, schmunzelte Eva.

Nach wenigen Metern bog Max rechts ab. Der Pfad war kaum zu erkennen. Max aber schien sich sicher und schritt zügig voran. „Typisch Mann – oder Max?“, dachte Eva. „Der weiß wahrscheinlich überhaupt nichts Genaues, aber er tut einfach nur sicher. Bis wir…“. Eva hatte den Gedanken noch nicht richtig zu Ende gebracht, da begann der Untergrund schon tiefer zu werden, ihre Wanderstiefel sanken ein und gaben mit jedem Schritt schmatzende Geräusche von sich. Schwärme von Mücken hingen nun in der Luft, fast undurchdringliches Gebüsch hatte den Bergfichtenwald abgelöst, durch den sie eben gegangen waren. Noch aber war ein Pfad zu erkennen, auf dem Max ziemlich zielsicher und von keinen Zweifeln angekränkelt vorwärtsschritt. Also ihm nach und durch. Die beiden kamen an einen Bach, der dem Max offenbar zeigte, dass er auf der richtigen Spur war. „Jetzt haben wir bereits die Wasserscheide von der Donau zur Moldau überschritten. Der Bach hier fließt in den Stubenbach und der wiederum gab dem nächsten Dorf in Böhmen seinen Namen. Prašily heißt es auf Tschechisch. Nach dem Krieg lag es lange Zeit im militärischen Sperrgebiet. Ziemlich ausgschaut hat´s da. Aber jetzt hat man wieder einiges hergerichtet. Viele Stubenbacher haben in Zwiesel und Umgebung eine neue Heimat gefunden und sie halten immer noch zusammen. Das wären auch einmal Themen für euren Geschichtsunterricht, jetzt sind wir vielleicht schon so weit, dass man darüber sprechen kann, was da so alles passiert ist. Herüben wie drüben. Die letzten Zeitzeugen sind jetzt schon über siebzig. So viele Jahre bleiben da nicht mehr." Eva hatte gar nicht gewusst, dass sich Max mit diesem Thema beschäftigte, aber: Recht hatte er eigentlich. Jetzt musste sie sich allerdings darauf konzentrieren, wie sie über den Bach kam. In seiner Mitte lag ein Stein, wenn sie den traf und nicht ausrutschte, dann konnte es gut gehen. Max stand schon auf der anderen Seite. Wie war der eigentlich rübergekommen? Energisch setzte Eva zum Sprung an, traf tatsächlich den Stein ganz gut, nutzte den Schwung aus und landete federnd am anderen Ufer, wo Max sie lachend in Empfang nahm und umarmte. „Du bist ja noch ganz schön fit, Kompliment“, raunte er Eva ins Ohr, während er sie fest an sich drückte. Ja, so hatte sie sich ihren Hochzeitstag vorgestellt. Sie beide allein in der Natur hier oben in der Einsamkeit. Ein schöner Tag.

„Den Bach haben wir, jetzt muss ich nur noch den Weg finden“, begann Max, nachdem sie einige Meter weitergegangen waren. „Das ist jetzt nicht dein Ernst“, schluckte Eva. „Ich dachte, wir sind auf dem Weg.“

„Naja, nicht ganz. Aber die Richtung stimmt und da vorne geht's sicher weiter“. Eva war sich da nicht so ganz sicher, aber sie folgte Max, weil ihr nichts anderes übrig blieb und ihr wurde bewusst, dass diese Situation wie eine Metapher auf ihre Ehe war. „Durch dick und dünn“, dachte sie. „So ist´s“.

Und tatsächlich, nach etwa 200 Metern erreichten sie einen breiteren Pfad, der in Richtung Grenze zu führen schien. Eva sah förmlich wie Max sich streckte, eine aufrechtere Haltung annahm, flotter ging als noch eben. Also hatte sie sich nicht getäuscht. Er war unsicher gewesen, hatte nur so getan, als ob er alles im Griff hätte. Eva durchströmte ein warmes Gefühl. So war er, „ihr“ Max. Und so hatte sie ihn gern. Eva merkte gar nicht, dass ihr Mann plötzlich stehen geblieben war und rannte direkt in ihn hinein. Sie wollte sich beschweren, da sah sie, wie Max den Zeigefinger auf seinen Mund gelegt hatte. „Pscht! Still. Hörst du nix?“

Eva stand da und horchte.

Nichts! Nur der Wind! Der strich leise um die Stauden und um das Krüppelholz, welches die Ränder des moorigen Terrains umfasste, das die beiden soeben durchquert hatten.

„Komisch, mir war, als hätte ich etwas gehört, Laute, die nicht hierher gehören." Max blieb noch einige Zeit stehen, den Kopf in die Luft gestreckt lauschte er, aber es war nichts Außergewöhnliches mehr zu vernehmen. „Da muss ich mich getäuscht haben."

Die Stimmung des vorigen Augenblicks war dahin, aber immerhin hatten die beiden nun wieder festen Boden unter den Füßen und, den flotteren Schritten von Max nach zu urteilen, hatte der endlich die Gewissheit, auf dem richtigen Weg zu sein.

Da! Diesmal hatte auch Eva etwas gehört. Ein Stöhnen, ein Wimmern? Irgendetwas dazwischen! Konnte das ein Tier sein, das solche Laute von sich gab?

„Da müssen wir aber jetzt nicht hin", wollte Eva, der die Geschichte nicht mehr geheuer war, Max davon abhalten, den gruseligen Lauten nachzugehen, doch gleichzeitig wurde ihr klar, dass dieser Appell nutzlos sein würde. Der Spürhund Max hatte wieder Witterung aufgenommen. „Die Geräusche kommen meiner Meinung nach sowieso aus der Richtung, in die wir müssen. Gleich sind wir wieder auf dem Weg, dann bleibst du stehen und ich schau nach".

„Ich bleib hier nicht allein, wenn, dann komm ich mit". Während Eva dies sagte, hatten die beiden wieder das Wimmern gehört, das diesmal noch mehr nach Mensch klang.

„Hörst du´s? Das kann ja auch ein Mensch sein, der sich weh getan hat. Da muss man doch helfen.“ Mit großen Schritten eilte Max in die Richtung, aus der sie die Laute gehört hatten und Eva hatte Mühe, ihm zu folgen. Nach wenigen Metern erreichten sie tatsächlich einen Wanderweg, auch das Gelände wurde wieder übersichtlicher, sie eilten am Rande eines Bergfichtenwaldes entlang. Das Stöhnen war nun deutlich zu vernehmen und es hörte sich sehr menschlich an.

„O leck…!“ Max war zum zweiten Mal abrupt stehen geblieben und Eva hatte wiederum Mühe, ihn nicht von hinten umzurennen.

Das Bild, das sich den beiden bot, würden sie nie vergessen und Max bedauerte es im Nachhinein, dass er kein Fotohandy dabeigehabt hatte, um eine der ausgefallensten Foltermethoden zu dokumentieren, die er je gesehen hatte. Aber er wäre sowieso nicht zum Fotografieren gekommen, denn das Opfer lebte noch und es musste schnell gehandelt werden, sehr schnell.

Denn das Opfer, ein Mann, mehr konnte Max in der Eile, die geboten war, nicht erkennen, hing mit dem Kopf in einem Ameisenhaufen. Noch war der Kopf nicht ganz darin eingetaucht, aber schon wimmelten unzählige Ameisen auf ihm herum, hatten Nase, Mund und Augen besetzt und waren offensichtlich gerade dabei, auch die Reste des Körpers zu erobern, verwundert darüber, welch großes Beutestück ihnen da gerade vom Himmel fiel.

Das Opfer war mit dem Kopf nach unten an einer Fichte aufgehängt worden, direkt über dem

Ameisenhaufen, seine Arme waren auf den Rücken gefesselt. Die Fichte musste langsam nachgegeben haben und der Kopf des Mannes war dem Ameisenhaufen immer näher gekommen. Dass sich das Opfer verzweifelt gewehrt haben musste, konnte man daran erkennen, dass der Ameisenhaufen im oberen Teil durchfurcht und zerstört war. Aber der Mann hatte keine Chance gehabt. Immer mehr war sein Kopf nach unten gelangt, immer aussichtsloser musste seine Situation geworden sein. Wie lange mochte dieser Kampf gedauert haben?

Jetzt jedenfalls war schnellstes Handeln nötig, das Opfer lebte noch und wenn es überleben sollte, hatte es dies einem Riesenmassel zu verdanken. Und dem Hochzeitstag von Eva und Max Esterl.

„Versuch du, den Kopf rauszuhalten, ich schneid den Strick ab." Max stand mitten auf dem Ameisenhaufen, sein Opinel-Messer, das er immer dabei hatte, in der Hand und zog das Opfer nach unten, um besser an das Seil zu kommen, an dem dessen Füße festgebunden waren. Auch Eva stand mit einem Bein im Haufen, achtete nicht auf die heftigen Angriffe der Ameisen, zog mit der einen Hand am Körper des Mannes, während sie mit der anderen seinen Kopf aus dem nun total zerstörten Ameisenbau herauszuhalten versuchte.

Nach mehreren Versuchen gelang es Max endlich, das Seil durchzuschneiden, die Fichte schnellte mit einem Schnalzer nach oben, der Mann krachte nach unten. Eva hatte nicht die Kraft, den schweren Körper herzuhalten und so kugelten sie alle drei über den Ameisenhaufen auf den Waldboden.

Erst nachdem sie beide den anderen noch einige Meter vom tödlichen Haufen weggezerrt hatten, machten sie sich daran, zunächst das Gesicht des Opfers von den gröbsten Ameisenmassen zu befreien. Natürlich hatten die Ameisen dem Gesicht des Mannes bereits schwer zugesetzt, auch Eva und Max spürten schon das Brennen von Ameisensäure auf ihrer Haut, viel schlimmer aber war der Mann zugerichtet. Sein Gesicht war rot und dick angeschwollen, so dick, dass man die Augen, die geschlossen waren, kaum finden konnte. Das Opfer war jetzt bewusstlos, es atmete, auch Puls konnte Eva feststellen, aber: Man wusste nicht, welche Verletzungen der Besinnungslose sonst noch hatte, keiner von den beiden Rettern konnte ahnen, wie sich die zweifellos schweren Attacken der Ameisen auswirken würden. Schnelles Handeln war also angesagt. Und wie immer: Kein Handy! Soviel Max allerdings wusste, hatte man hier oben sowieso keinen Empfang.

Einer von ihnen musste runter. So schnell wie möglich. Max hatte die besseren Ortskenntnisse, Eva war jünger und damit besser zu Fuß. Offensichtlich hatte Eva wieder einmal gemerkt, was ihrem Mann durch den Kopf ging: „Ich bleib auf keinen Fall hier oben, ich tät sterben vor Angst. Sag mir, wie ich am schnellsten runterkomme und wo ich telefonieren kann, lieber lauf ich mir die Zunge aus dem Hals als hierzubleiben."

Max, dessen Gedanken auch schon in eine ähnliche Richtung gegangen waren, begleitete Eva ein kurzes Stück, und schon waren sie auf dem ziemlich gut ausgebauten Weg, direkt an der Grenze, der vom böhmischen Stubenbach über das Gsenget nach Bayern, nach Scheuereck oder nach Spiegelhütte führte.

„Geh nach Spiegelhütte, der Weg ist zwar etwas länger als der nach Scheuereck, aber dafür triffst du dort bestimmt jemanden an. Geh zuerst zum Straßner, das Wirtshaus kennst du ja, die helfen dir bestimmt weiter. Und dann steht dort ja auch unser Auto, nimm die Schlüssel mit, dann kannst du dir helfen. Der Weg ist gut markiert, aber eine Stunde wird's schon dauern, auch wenn du rennst. Also, schick dich, er wird´s hoffentlich überleben".

Mit diesen Worten warf Max einen kritischen Blick auf den Patienten, der immer noch reglos dalag. Eine Stunde, bis Eva in der Zivilisation war und telefonieren konnte, dann nochmals mindestens eine halbe bis die Rettungskräfte da waren: Diese Zeit würde langsam vergehen, unendlich langsam, das wusste Max. Warten müssen und nichts tun können, das, wusste Max auch, war das Allerschlimmste.

Doch, halt, etwas konnte er schon tun. Er konnte den Bewusstlosen in die Richtung des Hauptwanderweges bringen, der vom Gsenget ins Tal führte, dann konnte der Krankentransporter direkt heranfahren. Oder würde man einen Hubschrauber einsetzen? Egal, Eva konnte als Unglücksort sowieso nur den Grenzübergang nach Gsenget benennen, da machte er keinen Fehler damit, den Mann näher ranzuschaffen. Gebrochen war anscheinend nichts, die Bewusstlosigkeit schien Max eher von einem allergischen Schock oder aber von dem langen Hängen mit dem Kopf nach unten herzurühren. Was für eine grausame Folter! Und was sollte diese Tat bewirken? War es Rache, war es eine Bestrafung? Wollte da jemand ein Zeichen setzen mit diesem Mordversuch, denn ein solcher war es, das war dem erfahrenen Kriminaler klar. Wenn Eva und er nicht die Abkürzung gewählt hätten, ja, wenn heute nicht ihr Hochzeitstag gewesen wäre?

„Ein sauberer Hochzeitstag! Kruminale!“, sinnierte Max. Er hatte den Unbekannten umklammert, ganz vorsichtig, damit der Kopf möglichst weit oben auf seiner Schulter lag und kam nur in kleinen Schritten vorwärts. Der Schweiß lief Max längst aus allen Knopflöchern, es musste um die Mittagszeit sein und die Herbstsonne brannte noch ziemlich heftig auf die beiden. Schon nach wenigen Minuten war Max fix und fertig, er traute sich den Fremden aber nicht abzusetzen. Er war sich nicht sicher, ob er dann mit seiner Last wieder hochkommen würde. Schritt für Schritt tat der Kriminaler, jeder Schritt wurde zur Qual für ihn, sein Rücken schmerzte höllisch, an die Folgen der Überlastung wollte der Samariter gar nicht denken. Aber das war besser als nichts zu tun und einfach zu warten.

Endlich war der ausgebaute Weg in Sicht, Max suchte eine dafür geeignete Stelle, legte den immer noch Bewusstlosen ab und setzte sich, völlig erschöpft und ausgepumpt und mit rasendem Puls neben diesen.

Der Puls! Max fühlte den Puls des Unbekannten und hatte das Gefühl, dass dieser jetzt einigermaßen in Ordnung war. Vielleicht würde der Mann aufwachen und Max könnte schon etwas aus ihm herauskriegen. Auf etwa 35 Jahre schätzte ihn der Kriminaler, er sah gepflegt aus, wenn man einmal davon absah, was der Kampf über dem Ameisenhaufen für Spuren hinterlassen hatte. Max hatte während des Transports auch das Gefühl gehabt, dass der andere sich in seiner Todesangst in die Hose gemacht hattc. Kein Wunder! So etwas Brutales hatte der Ex-Kommissar selber äußerst selten gesehen.

Mindestens noch eine halbe Stunde! Max begann zu frieren, obwohl die ganze Zeit die Sonne schien und er selber in Schweiß gebadet war. Die Anspannung! In seinem Rucksack, den er zum Glück nicht vergessen hatte, kramte Max nach seinem Ersatz-T-Shirt, das er auf allen seinen Wanderungen dabei hatte. Während er sich das T-Shirt über den Kopf zog, war Max, als ob er etwas gehört hätte. Tatsächlich kam aus dem Mund des Patienten ein schwaches Stöhnen, er schien zu sich zu kommen.

Max beugte sich über den Unbekannten: "Können Sie mich hören?" Ein undeutliches Geräusch kam aus dem Mund des Opfers, aber immerhin! Max drückte seine Hand und spürte einen leisen Gegendruck. Das war schon mal was. Während er weiter seine Hand hielt, beobachtete Max das Gesicht seines Gegenübers, das von den Attacken der Ameisen schlimm mitgenommen war. Obwohl Eva und Max sich bemüht hatten sie gleich zu entfernen, krabbelten immer noch vereinzelte Ameisen über seinen total verschwollenen

Kopf. Jetzt aber kam der Patient offenbar zu sich, denn er versuchte mühsam, seine Augen zu öffnen. Das fiel ihm gar nicht leicht, die Augenpartie des Mannes hatte am meisten gelitten, die Lider waren so aufgeschwollen, dass die Augen darunter nur als schmale Schlitze zu erkennen waren.

„Können Sie mich hören?", wiederholte Max, „was ist passiert? Wer war das?" Auf keine seiner Fragen erhielt Max eine Antwort.

Doch! Jetzt setzte der Mann an, sein Mund bewegte sich und Max hörte, ganz schwach, ganz leise, einen Satz. „Kruminale, du sprichst ja Tschechisch!", entfuhr es dem Retter. Er hätte es eigentlich wissen müssen: Hier an der Grenze war es wahrlich nichts besonderes, auf einen Tschechen zu treffen.

„Magst was zu trinken? Voda?", kramte Max aus seinem Volkshochschulkursrepertoire hervor. „Voda", echote der Mann und blickte Max dankbar an, als dieser ihm seine Plastikflasche mit Zwieseler Waldwasser an den Mund hielt. „Pivo wär dir vielleicht lieber", versuchte Max einen Scherz, der zeigte, wie froh und erleichtert er war, dass der Patient wenigstens das Bewusstsein wieder erlangt hatte. Dieser lächelte leicht und schloss erneut die Augen. „Jak se maš? Wie geht´s dir?", kramte Max nochmals einen Satz hervor. Damit hatte er in Tschechien immer Erfolg gehabt und auch diesmal erzeugte er eine Reaktion.

„Ich heiße Antonin, Toni kannst sagen. Du hast geholfen?" Auf das Kopfnicken des Retters folgte ein schwaches „Děkuji – Danke!"

„Wie ist das passiert, wer war das?“ Auf die nun folgenden Fragen bekam Max keine Antwort. Aber er merkte, wie seinem Gegenüber die Tränen in die Augen traten und wie dieser zu zittern begann. „Toni, sag was passiert ist! Ich will dir helfen.“ „Hast schon geholfen“, war die Antwort. Toni drehte seinen Kopf weg und er zitterte am ganzen Körper. Ansprechbar war er nicht mehr und Max ließ ihn auch in Ruhe. Er würde warten müssen.

Rettung naht

Die Zwieseler Bergwacht kam mit ihrem geländegängigen Einsatzwagen, in dem auch Eva Platz gefunden hatte, ungefähr eine Viertelstunde später. Der Rettungshubschrauber hatte gerade einen Einsatz an der Autobahn irgendwo in der Donauebene gehabt und war deshalb nicht verfügbar, aber die Bergwachtler, die Max alle drei kannte, waren auf dem Weg zum Falkenstein gewesen und deshalb fast genauso schnell hier heroben an der Grenze. Einer von ihnen war sogar Arzt, wenn auch Orthopäde. Aber das reichte für die vorläufige Diagnose. „Keine direkte Lebensgefahr, wohl auch keine inneren Verletzungen oder Knochenbrüche, aber einen Schock hat er, da weiß man nie so genau. Wir bringen ihn nach Zwiesel ins Krankenhaus zur genaueren Untersuchung und zur Beobachtung. In einem Ameisenhaufen habt ihr ihn gefunden, hat mir deine Frau erzählt. Was ist denn passiert, wie gibt´s denn so was?"

Max erzählte, was er wusste und die Männer von der Bergwacht waren ebenso entsetzt wie er und Eva. „So was gibt´s doch nicht", hörte er immer wieder. Beim Bergwachtstammtisch nach der Dienstbesprechung am nächsten Freitag würde es kein anderes Thema geben, da war sich Max sicher. „Und die Polizei müßt´s verständigen, denn das war ein Mordversuch." Max ließ keinen Zweifel am Ernst der Sache. „Eh klar", kam es von Seiten der Bergretter. Der Gerettete sagte nichts mehr. Der

Orthopäde hatte ihm eine Spritze gegeben und er war eingeschlafen.

Als Eva und Max, neben der Trage auf der er lag, mit ins Tal fuhren, schaukelte sein Kopf heftig hin und her, er schlief aber so tief, dass er nicht erwachte. Er sah gar nicht unsympathisch aus. Schade, dass ihn Max nichts mehr fragen konnte… .

Irgendwo bei Klostermann

Auf der Heimfahrt von Spiegelhütte nach Zwiesel sprachen Eva und Max kaum etwas, beide waren sie in Gedanken an diese schreckliche Tat und an das Opfer versunken, das vermutlich einige Zeit brauchen würde, um diese Folter und die Todesangst zu verarbeiten.

„Ich komm nicht drauf", brach es plötzlich aus Eva hervor, „aber irgendwo in seinem Werk hat der Klostermann so einen ähnlichen Fall beschrieben. Da ist ein Jäger oder Förster von Wilderern über einen Ameisenhaufen gehängt worden. Irgendwo bei Klostermann… ."

„Das gibt´s doch nicht. Und das sagst du erst jetzt!"

Wenn´s mir doch erst jetzt eingefallen ist, ich muss doch auch erst das Ganze verdauen. Und es ist ja nur so eine Ahnung, ein Schimmer. Irgendwo bei Klostermann."

Max war ganz aufgeregt: „Wenn das so ist, bekommt ja dieser Mordversuch eine ganz andere Dimension, dann braucht man keine besondere Phantasie, um da einen Zusammenhang herzustellen, auf so etwas kommt doch heutzutage kein Mensch mehr. Einen Ameisenhaufen als Folterwerkzeug herzunehmen, so was ist selbst mir noch nicht vorgekommen."

„Na siehst du", trumpfte Eva auf, „ein Mordversuch, der sich die Literatur zum Vorbild genommen hat. Das ist ja einmalig, das muss ich am Montag sofort meinem Deutschkurs erzählen, das dürfte das

Interesse der Schüler an meinem Deutschunterricht ungemein steigern."

„Nichts wirst du. Das bleibt jetzt erst einmal unter uns. Doch, eines kannst du machen: Du suchst die Stelle, in der Karl Klostermann diese Tat beschreibt, vielleicht gibt es da noch einen Hinweis. Kannst du bitte gleich damit anfangen, wenn wir daheim sind. Bitte!"

„Immerhin", dachte Eva „hat er „Bitte" gesagt. Und den Hochzeitstag, den hat er längst schon wieder vergessen."

„Ich schau gleich nach, wenn wir daheim sind. Hast du ein Glück, dass du mich hast. Seit vielen Jahren schon. Seit wie vielen?"

Max hatte nicht kapiert. Erst schaute er verständnislos, dann blitzte es in seinem Gesicht auf und das Zehnerl war gefallen. In einem ganz anderen, einem sehr warmen Ton sagte er: „Entschuldigung, da ist wohl der Gaul wieder einmal mit mir durchgegangen." Dabei rutschte seine Hand von der Gangschaltung auf ihr Knie. „Ich werd´s auch wieder gut machen. Heut Abend. Versprochen."

Das hörte sich nicht schlecht an, dachte Eva, einigermaßen versöhnt. Gleich, wenn sie zu Hause waren, würde sie mit der Suche beginnen. Sie hatte auch schon so eine Ahnung, wo sie die Ameisenszene finden konnte.

Karl Klostermann und der Ameisenhaufen

Sofort, nachdem sie beide mit einer kleinen Brotzeit ihren Hunger gestillt hatten, suchte Eva in ihrem Arbeitszimmer, das aus einem Schreibtisch und einer ziemlich umfangreichen Bibliothek bestand, nach der betreffenden Textstelle. „Zweimal glaube ich, hat der Klostermann diese Story verwendet", dozierte Eva, während sie in ihrer „Klostermann-Abteilung" stöberte.

„In irgendeinem seiner Romane und in seinen „Böhmerwaldskizzen". Er hat nur Dinge und Geschehnisse beschrieben, die er selber gesehen oder gehört hatte. Darum ist der Klostermann ja so ein einzigartiger Zeitzeuge. Was ihm so mancher seiner Zeitgenossen als Phantasiemangel kritisiert hat, erweist sich für uns heute als großer Glückstreffer. Klostermann schildert den Böhmerwald und seine Bewohner so gut und dabei so realistisch, dass er uns einen Blick in eine längst untergegangene Welt liefert.

Dazu kommt noch, dass Karl Klostermann von seiner Herkunft her ursprünglich deutschsprachig war, also auch mit dem Böhmerwalddialekt aufgewachsen war und erst dann, in seiner Schulzeit, die tschechische Sprache perfekt gelernt hat."

„Genau so ist es mir gegangen, als ich nach München gekommen bin", seufzte Max. „Ich bin mit dem Bayerwalddialekt aufgewachsen und habe dann die deutsche Sprache gelernt. Allerdings nicht perfekt, wie der Klostermann das Tschechische."

„Der Klostermann war eben in den Sprachen ein Ausnahmetalent. Und auch sonst war er eine Ausnahme. Als die nationalistischen Tendenzen in beiden Volksgruppen, der deutschen wie der tschechischen zunahmen, versuchte der Dichter zu schlichten.

Er war immer ein Vermittler zwischen den beiden Volksgruppen, er hat beide von ganzem Herzen geschätzt, ja geliebt. Gedankt hat man ihm das nicht, vor allem auf deutscher Seite nicht. 1923 ist er gestorben, hochverehrt besonders im westlichen Böhmen.

Aber in Deutschland ist die Entwicklung leider ganz anders verlaufen. In der Nazizeit wurde Klostermann als Überläufer verleumdet und totgeschwiegen und in der Zeit des Kalten Krieges war hier alles dicht. Die Kommunisten hatten die Heimat des Dichters zum militärischen Sperrgebiet erklärt, sein Böhmerwald wurde zum Übungsplatz für die Panzer des Warschauer Pakts, besoffene Soldaten haben zum Beispiel in der Familiengruft der Abeles in Hurkenthal, also der Grabstätte der Familie seiner Mutter, wo auch Josef Klostermann, Karls Vater lag, mit den Totenköpfen gekegelt."

Max musste direkt darüber lächeln, dass sich die Deutschlehrerin so in Rage geredet hatte.

„Und erst mit der Öffnung der Grenze, mit dem Fall des Eisernen Vorhangs ist es besser geworden. Nach und nach ist Klostermann wieder entdeckt worden, es hat sich sogar ein deutsch-tschechischer Klostermann-Verein gegründet, der sich um sein Erbe annimmt und fleißig Buch für Buch übersetzt und herausgibt. Obwohl sich der Verein größte Mühe gibt: Richtig bekannt ist der Klostermann bei uns noch nicht geworden. Er hätt´s aber so verdient!“

Mittlerweile hatte Eva die gesuchte Textstelle entdeckt.

„Hier, lies selbst, in seinen „Böhmerwaldskizzen“ beschreibt Klostermann den Vorfall ganz genau. Diese Stelle haben sich die Verbrecher zum Vorbild genommen. Literarisch gebildete Gangster, alle Achtung!“

Max nahm das Büchlein im blauen Schutzumschlag, das Eva ihm reichte und begann an der Stelle, die sie mit ihrem Zeigefinger markierte, zu lesen:

„Die Wildschützen, die herüberkommen aus Bayern, welches Bockbier erzeugende Land auch an diesem Artikel überreich ist, den es besonders nach Böhmens Grenzgebieten exportiert; die Wildschützen sorgen schon dafür, dass das Wild nicht überhand nimmt. Wohl zerbrach sich das Forstpersonal oft den Kopf, wie diesem Unfug zu steuern wäre; doch alles erwies sich bis jetzt als fruchtlos. Streifungen mit und ohne Gendarmerie sind immer problematisch; die Kerle haben feine Nasen und sind unter Umständen verwegen genug, wenn sie in die Enge getrieben werden. Die Geschichte des Böhmerwaldes hat über diesen Punkt manch blutiges Blatt aufzuweisen. Ich kann nicht mehr mit Sicherheit angeben, ob sich die Geschichte, die ich erzählen werde im Stubenbacher oder in einem anderen Revier des Böhmerwaldes zugetragen hat, denn es ist wohl ein halbes Jahrhundert ins Meer der Ewigkeit geflossen, seit sie sich ereignet.“

„Ein wenig gewöhnungsbedürftig ist sie schon, die Sprache vom Klostermann", bemerkte Max.

„Das ist halt die Sprache des ausgehenden 19. Jahrhunderts. Die „Böhmerwaldskizzen" sind übrigens von Klostermann im Original auf Deutsch verfasst worden, seine späteren Werke, darunter große Romane, hat er dann auf Tschechisch geschrieben, weil er da viel mehr Echo bekommen hat. Die sind erst vor kurzem ins Deutsche übersetzt worden, das liest sich dann schon viel leichter." Eva freute sich über das Interesse ihres Mannes und beobachtete, wie er weiter las.

„Ich habe sie übrigens von glaubwürdigen Leuten gehört und zweifle nicht, dass sie wenigstens in ihren Hauptzügen wahr ist. Die Geschichte ist in ihren Einzelheiten so unheimlich, zeigt soviel von der Bestie, die in jedem Menschen schlummern soll, dass sie an die Indianerkämpfe im fernen Westen Nordamerikas erinnert."

Eva, die mitgelesen hatte, kommentierte erneut:

„1890 ist dieses Buch herausgekommen, das war genau die Zeit der großen Indianerkämpfe, so aktuell war Klostermann damals. Und er hat gewusst, wovon er schreibt, er war nämlich Englischlehrer. Englisch und Französisch hat er unterrichtet in Pilsen an der deutschen Realschule, gesprochen hat er aber noch viel mehr Sprachen, ich weiß gar nicht mehr welche und wie viele."

„Du weißt sowieso mehr als genug über deinen Pilsener Ex-Kollegen". Die Erwähnung des Wortes „Pilsen" hatte natürlich schon wieder die Phantasie von Max angeregt. „Wie wär´s mit einem Pilsener Urquell, dann könnte ich mich noch viel besser in den Klostermann und seine Zeit hineinversetzen."

Neben seiner Liebe zum einheimischen Pfefferbier pflegte Max auch noch eine ganz gute Beziehung zum Pilsener Urquell. Sein feinherber Geschmack bildete einen wunderbaren Kontrast zu den milderen Bayerwaldbieren.

Max nahm einen tiefen Schluck, wischte sich anschließend genussvoll den Schaum von den Lippen und las weiter, während Eva ihm über die Schultern schaute:

„Da war damals ein Förster, der es mit seinem Amte sehr streng nahm. Er war den Wildschützen Tag und Nacht auf den Fersen und entwickelte die List eines Indianerhäuptlings auf dem Kriegspfade, wenn er in der Verfolgung seiner geschworenen Feinde begriffen war. Die eisernen Stäbe der Gerichtsgefängnisse der Kreisstadt mochten wohl oft verzweifelt gerüttelt worden sein von den ihrer Freiheit beraubten Gebirgssöhnen; aber die Haft dauerte nicht ewig, und kaum war einer eingeliefert, als dafür ein anderer freigelassen wurde, der natürlich seine frühere Tätigkeit von neuem aufnahm. So glich die rastlose Mühe des pflichteifrigen Försters einer wahren Sisyphusarbeit, die ihm weniger Lohn als furchtbaren Hass eintrug.

Da geschah es eines Tages, dass er im Walde, weit entfernt von jeder menschlichen Wohnung, von seinen Feinden überfallen wurde. Sie überwältigten ihn und schlugen ihn halb tot; dann knebelten sie ihn und hingen ihn an den Füßen an eine junge Fichte, die sich unter seinem Gewichte tief herunterbog, so dass sein Kopf in einen Ameisenhaufen zu liegen kam. Daraufhin entfernten sich die Unmenschen, wünschten ihm höhnisch einen guten Morgen und überließen ihn seinem Schicksale. So hing er denn da in namenloser Qual, unfähig, sich zu bewegen, und durch den Knebel am Schreien gehindert. Die grausamen kleinen Tiere begannen ihr Werk. – Gott hatte Mitleid mit dem Gemarterten. Ein Weib, das auf der Pilzsuche begriffen war entdeckte ihn, band ihn los und eilte in das Forsthaus um Hilfe."

„Kruminale, das liest sich ja wie eine Tatbeschreibung", staunte Max. „Oder wie ein Rezept für die Täter", ergänzte Eva. „Hoffentlich hat die Tat für unser Opfer keine so schlimmen Folgen, wie für das damalige."

„Den Tätern dagegen würde man die damaligen Folgen manchmal schon wünschen", ergänzte Max, der bereits weitergelesen hatte, „auch wenn ich als Staatsbeamter a.D. keine Selbstjustiz gutheißen kann."

Auch Eva las nun, welche Fortsetzung die schaurige Böhmerwaldgeschichte fand:

„Lange lag der Förster krank darnieder, sein Geist drohte in ewige Nacht zu versinken; endlich siegte seine kräftige Konstitution, aber Haar und Bart war weiß geworden, weiß wie gefallener Schnee, obgleich er im besten Mannesalter stand, und sein Gemüt finster wie die Nacht.

Als er nach langen Wochen zum ersten Male die rostig gewordene Büchse vom Nagel herabnahm und über die Schulter warf, äußerte er: „Nun geht es los. Ich kenne die Burschen alle. Ich habe fortan nur einen Lebenszweck." Mit diesen Worten trat er ins Freie und ging strammen Schrittes dem Walde zu, in dem er verschwand; am Abend kam er heim. So tat er jeden Tag. Eines Abends leuchtete ein dämonisches Feuer in seinem Blick. „Einer" sprach er und wies auf den glänzenden Kopf eines gelben Messingnagels, den er in den Büchsenkolben eingeschlagen hatte. Einige Tage darauf versammelte sich ein Schwarm krächzender Raben auf einer eng umschriebenen Stelle des Urwaldes, und als die Holzhauer, durch das eigentümliche Benehmen der schwarzen Gäste aufmerksam gemacht, der Stelle zueilten, fanden sie eine halbverweste Leiche, deren leere Augenhöhlen grauenhaft gegen Himmel starrten."

„Kruminale, da ist es im Böhmerwald noch schlimmer zugegangen als im Wilden Westen", kommentierte Max Esterl. „Das nimmt ja geradezu biblische Ausmaße an", murmelte er, während er mit Eva zu Ende las:

„So ging´s nun weiter. Die Gefängnisse der Kreisstadt beherbergten ihre früheren Insassen nicht mehr, aber bald da, bald dort fand man im Wald und im Moos einen Toten, auch wohl tief versteckt im Dickicht ein Skelett, mitunter auch gar nichts, trotzdem man den Häusler X. oder den Knecht Y. drüben in Bayern vermisste. Dort zog überhaupt Jammer ein unter die steinbeschwerten Dächer der Waldhäuser. An dem Büchsenkolben des Försters jedoch mehrte sich Nagel auf

Nagel, sein Auge war sicher, seine Hand zitterte nicht, und der Wald war verschwiegen."

„Da hat er aber dick aufgetragen, dein Klostermann. Und du sagst, er hat nur geschrieben, was wahr ist?" Aus der Stimme von Max waren fette Zweifel zu hören.

„Was weiß denn ich, eine kleine literarische Überhöhung wird man ihm schon zugestehen müssen. Wahr ist daran bestimmt, dass man dem Klostermann diese Geschichte erzählt hat, vielleicht in einem Wirtshaus in Stubenbach, er hat ja in seiner Einleitung extra noch darauf hingewiesen, dass er sie von glaubwürdigen Leuten gehört hat. Der Dichter muss diese Zeugen – wenn auch ohne Namen – erwähnen, eben weil diese Geschichte so unwahrscheinlich klingt. Aber das ist sowieso egal. Fest steht für mich auf alle Fälle, dass wir heute eine literarische Wiedergeburt erlebt haben. Ein Verbrechen, das vor über hundertfünfzig Jahren stattgefunden hat, ist sozusagen neu inszeniert worden. Und ich hab´s entdeckt. Hab ich da nicht etwas verdient?" Eva legte das Buch zur Seite und strich dabei ihrem Mann wie zufällig sanft über die Finger. Max entdeckte ein verführerisches Glitzern in ihren Augen.

„Dann wollen wir die Literatur einmal vergessen", sagte Max. „Und das Verbrechen", kam die Antwort von Eva, die Arm in Arm mit ihrem Max aus dem Arbeitszimmer ins benachbarte Schlafzimmer zog.

Der Friede sei mit Dir, Max

Am nächsten Tag, dem Sonntag, äußerte Eva beim gemeinsamen Frühstück den Wunsch, einen Gottesdienst zu besuchen. „Gestern war unser Hochzeitstag und da sollten wir uns auch bei dem da oben bedanken, der es so gut mit uns gemeint hat." Und weil die beiden in der Rabensteiner Dorfkirche geheiratet hatten, beschlossen sie, in das nur 2 Kilometer entfernte Bergdorf unterm Hennenkobel zu fahren. Groß war die Freude der beiden, als sie den Pfarrer erkannten, der den ganz von Glas umgebenen Altarraum betrat, um den Gottesdienst zu eröffnen. Es war der Monsignore, der sie vor so vielen Jahren getraut hatte. Max hatte ihn schon als Reli – Lehrer am Gymnasium gehabt, der musste ja mittlerweile uralt sein. Aber als der Monsignore die Begrüßungsworte sprach und das Kyrie anstimmte, erkannten Max und Eva, dass der Pfarrer trotz seines Alters noch ziemlich fit war.

Schon bei der Lesung merkte Max allerdings, dass er selber sich heute nicht recht konzentrieren konnte. Die Worte kamen wie aus weiter Ferne und wurden verdrängt von den Bildern des gestrigen Tages.

War da ein Zusammenhang zwischen den Einbrüchen in Ludwigsthal und dem gestrigen Mordversuch? Beide hatten mit Karl Klostermann zu tun, da war sich Max ziemlich sicher. „Dass literarisch gebildete Menschen aber zu solcher Brutalität fähig waren", hätte Eva jetzt sicher eingewandt. Max wusste es besser. Auch der

Nero hat Gedichte zitiert, als er Rom anzünden hat lassen.

War das gestern überhaupt ein Mordversuch? Warum hatten der oder die Täter ihr Opfer – anders als in den „Böhmerwaldskizzen“ beschrieben – nicht geknebelt? Wollten sie vielleicht sogar, dass der Mann gefunden wurde? Der Fall wurde immer mysteriöser. Das Auto fiel dem Max jetzt auch noch ein, das auf dem Wanderparkplatz gestanden hatte, sogar dann noch, als sie aus dem Bergwachtfahrzeug in ihr eigenes Auto gestiegen waren. Max hatte sich extra das Kennzeichen gemerkt, eine einheimische Nummer war es gewesen. Sollte er sich nicht im Zwieseler Krankenhaus nach dem Opfer erkundigen? Sie beide hatten den Mann ja schließlich gefunden, da war es ganz normal, dass sie vorbeischauten und keine berufliche Deformation! Und dabei könnte man dem Tschechen einmal ein wenig auf den Zahn fühlen ohne dass jemand anderer Verdacht schöpfte.

„Der Friede des Herrn sei alle Zeit mit Euch“, hörte Max. Eva reichte ihm mit einem strahlenden Lächeln die Hand: „Der Friede sei mit Dir, Max“. Oh, Kruminale, hatte er jetzt die halbe Messe nicht mitbekommen! „Und … mit Dir… auch“ stammelte Max und nahm sich vor, nicht mehr an den „Fall“ zu denken. Wenigstens nicht mehr bis nach dem Mittagessen. Dann begann nämlich die Besuchszeit im Krankenhaus.

Gschubste Zimtnudeln mit Powidl

Beim Mittagessen, das die beiden Hochzeitsjubilare zur Feier des gestrigen Tages im Gasthof zur Waldbahn gegenüber dem Zwieseler Bahnhof einnahmen, wurde das schaurige Ereignis zunächst nicht erwähnt.

Max, der immer noch scharf auf Gerichte aus der Heimat war, die er in München so sehr vermisst hatte, bestellte sich Waldschwammerl mit Rahmsoße, dazu trank er ein frisch gezapftes Pilsener Urquell vom Fass.

Wieder einmal wurde Max seinem geliebten Pfefferbier untreu. Vor einigen Jahren war er bei der Bearbeitung eines internationalen Falles in Pilsen gewesen und hatte dort nicht nur mit seinem westböhmischen Kollegen František Holub sondern auch dem Pilsener Bier Freundschaft geschlossen.

Wegen seines geringeren Alkoholgehalts wurde man nach dem Mittagessen ja auch nicht so müde. Behauptete Max. „Gib halt einfach zu, dass es dir schmeckt", konterte Eva stets. „Ihr verkappten Alkoholiker braucht immer eine Ausrede für eueren Konsum."

Max wusste, wie Eva das meinte. Bei jeder anderen Person hätte er sich den Ausdruck „Alkoholiker" als üble Beschimpfung verbeten. Er hatte genug wahre Alkoholabhängige gesehen, auch solche, die heimlich tranken. Freilich, nach den strengen klinischen Regeln war Max schon irgendeiner Vorstufe zur Sucht zuzurechnen mit seinem doch ziemlich regelmäßigen Bier- und Weinkonsum.

Aber das gehörte für Max einfach zur Lebensfreude. Und übertrieben hatte Max das Trinken nie. Oder selten.

„Die Dosis bestimmt die Wirkung des Giftes". An diese Maxime hatte sich Max immer gehalten. Das Kopfweh nach manchen Feiern im Freundes- oder Kollegenkreis war fast immer auf den Föhn zurückzuführen gewesen.

„Willst du keine Nachspeise mehr?", fragte Eva und lächelte etwas süffisant. Sie wusste genau, dass ihr Mann den Desserts in der Waldbahn nicht widerstehen konnte. Vor allem eines hatte es ihm angetan: „Gschubste Zimtnudeln mit Powidl". Die Kombination der süßen Zimtnudeln mit dem wunderbar säuerlichen Aroma des Zwetschgenkompotts, das war für Max Heimat. Bayerisch-böhmisch-österreichische Heimat.

Nach einem ausgiebigen Mittagsschlaf erwachte Max tatendurstig.

„Ich tät jetzt das Ameisenopfer besuchen, gehst mit?" Max war überrascht, als Eva Anstalten machte, mitzukommen. „Gehst wirklich mit?"

„Ich hab ihn doch auch gefunden, oder nicht?" War das nun echtes Interesse oder witterte Eva da einen Hintergrund? Wollte sie nur verhindern, dass Max wieder seine Nase in etwas hineinsteckte, das ihn nichts anging?

Ein böhmischer Dickschädel

Der Mann an der Krankenhauspforte kannte Max vom Bräustüberl her. Er war offensichtlich gut informiert. „Ašnbrenr schreibt man ihn, aber Aschenbrenner heißt er, der Tscheche. Komisch! Du hast ihn gefunden, gell?“

„Ja, wir haben ihn gefunden“, verbesserte Max. „Wie geht´s ihm denn? Kann man zu ihm?“

„Schau ihn dir nur an, bin gespannt, ob du etwas Vernünftiges aus ihm rausbringst. Die Polizei ist jetzt schon zum zweiten Mal bei ihm, entweder weiß er nichts oder er sagt nichts.“ Max wunderte sich nicht über den Pförtner, der wohl über hellseherische Fähigkeiten verfügte. Oder waren die Zimmer im Krankenhaus neuerdings verwanzt?

Dass die Polizei gerade das Opfer vernahm, passte Max nicht so recht, andererseits würde man Eva und ihn als die Finder und Retter sowieso spätestens am Montag befragen, warum dann nicht gleich jetzt.

„Zimmer 230“. „Danke, ich finde es“, erwiderte Max schnell, als er sah, dass der Pförtner zu einer Wegbeschreibung ansetzte.

Nachdem Max zweimal geklopft und nichts gehört hatte, öffnete er die Tür einen Spalt weit. „Bleiben Sie draußen, sie sehen doch, dass Sie stören… ach du bist´s. Du kannst natürlich reinkommen.“

Sein alter Freund Ludwig Rindl. „Wie kommt es eigentlich, dass du schon wieder etwas mit der Sache zu tun hast? Steckst du da schon wieder deine Nase rein!“ Erst jetzt bemerkte der Vizepolizeichef die zweite Person, die sich bisher hinter dem Rücken von Max aufgehalten hatte. „Oh Verzeihung, gnä´Frau, ich hab ihnen gar nicht gesehen.“ „Charmant, der Ludwig“, dachte Max. „Jetzt hat er natürlich Wasser auf die Mühlen meiner Frau gegossen“.

Und so war es auch: „Gelt, Sie sagen es auch, Herr …“ „Rindl ist mein Name, Ludwig Rindl. Wir sind uns ja schon einmal begegnet, gnä Frau. Hier im Krankenhaus.“

„Genau, und da haben Sie es auch schon gesagt, Herr Rindl. Der Max ist im Ruhestand und soll sich da raushalten. Die Zwieseler Polizei hat so fähige Leute wie Sie, die braucht keine Hilfe, die löst ihre Fälle selber.“ Hatte Eva da, als sie beim letzten Satz zu ihm herübergeschaut hatte, Max die Zunge gezeigt und gegrinst? Max warf ihr einen grantigen Blick zu. Einen saugrantigen sogar.

Diesen Blick wiederum bezog der Vizechef auf sich, dessen mächtige Brust sich bei Evas Lob sichtbar gehoben hatte.

„Recht hat sie. Gnä´ Frau, Sie machen ja – im Gegensatz zu ihm – einen vernünftigen Eindruck. Helfen Sie uns und ihm und halten Sie ihn zurück.“

Was der sich traute! Und schon wieder dieser triumphierende Ausdruck in Evas Augen. Ja war man denn gar nichts mehr, wenn man pensioniert war. Die beiden unterhielten sich über ihn, als ob er der Patient wäre.

„Ach wissen´s, Herr Rindl". Jetzt sprach Eva auch fast noch Dialekt. Unerträglich! „Mein Mann hat halt zu seinem üblichen Sturschädel seit einiger Zeit schon einen gehörigen Altersstarrsinn. Aber da kannst fast nix machen", seufzte sie. „Einer in der Familie ist wenigstens gescheit", stimmte der Vize zu. Den, ausgerechnet den hatte er in der Schule manchmal abschreiben lassen.

Zum Glück ertönte das Handy des Vize. „Ja, komme gleich. In zwei Minuten", beendete Ludwig das Telefonat, setzte sich die Dienstmütze auf den Kopf und verließ das Krankenzimmer, nicht ohne Eva noch ein „Habe die Ehre, gnä´ Frau" zuzurufen. Für Max reichte es noch zu einem „Morgen in der Inspektion, ab acht hab ich Schicht. Vielleicht wisst ihr mehr als der böhmische Dickschädel hier."

Das mit dem „böhmischen Dickschädel" konnte Ludwig durchaus wörtlich gemeint haben. Der Kopf, der da aus den Krankenbettkissen schaute, sah abenteuerlich aus: rotgefleckt, dort wo die Ameisen ihre Säure verspritzt hatten, aufgedunsen, die Augen waren so verschwollen, dass sie kaum zu erkennen waren, die Lippen waren ebenfalls stark geschwollen und zudem an einigen Stellen aufgeplatzt. Der schlimme Eindruck wurde noch dadurch verstärkt, dass man das ganze Gesicht und den Hals mit einer gelblich schimmernden Salbe eingecremt hatte, die offenbar die Schwellung und die Schmerzen lindern sollte.

Max hatte das Gefühl, dass der Patient ihn und Eva musterte.

„Dobry den“, begann er, aber damit war er mit seinen Tschechischkenntnissen schon fast am Ende. Halt! Einer ging noch: „Jak se mate? Wie geht es Ihnen?“ Eva und der Patient zogen gleichzeitig hörbar die Luft ein. Beide waren überrascht von Max′ Worten. Und das bisschen Tschechisch zeigte tatsächlich Wirkung.

„Nemam se dobře. Geht nicht gut.“

„Haben Sie Schmerzen?“ Der Mann verstand nicht. „Tut Ihnen etwas weh?“ Max unterstrich seine Worte mit Gesten.

„Alles tut weh“, kam es mühsam aus den Kissen. „Alles.“

„Wir haben Sie gefunden, wir beide, verstehen Sie?“

„Děkuji, danke“, flüsterte der Tscheche.

„Wer ist das gewesen?“, fragte Max. Der Tscheche zögerte. „Wenn… wenn ich das sage, bin ich morgen tot.“

„Aber dann werden die Leute, die das getan haben, nie gefasst!“

„Ist egal, ich will nix tot.“

Max wusste, dass er auf diesem Weg nichts mehr würde herausbekommen können. Eva merkte das auch und gab Max durch Zeichen zu verstehen, dass sie jetzt die Initiative übernehmen wolle. So erfuhren die beiden schließlich, dass der Mann verprügelt worden war, bevor man ihn mit einem Geländewagen zum Ameisenhaufen transportiert und dort so heimtückisch aufgehängt hatte. Eva erfuhr auch, dass Pan Ašnbrenr am Gymnasium in Sušice, auf Deutsch Schüttenhofen, unterrichtete und zwar Tschechisch und Deutsch, sowie ein ausgesuchter Klostermannspezialist war. Das konnte jetzt schon fast kein Zufall mehr sein, war sich Max sicher. Max wurde das Gefühl nicht los, dass dieser Ašnbrenr eine Schlüsselfigur in seinem Fall war, dem „Klostermannfall", wie er ihn von jetzt an nennen wollte.

Am Ende des Besuches hatte Max sich angeboten, den Tschechen nach dessen Entlassung aus dem Krankenhaus heim zu fahren. Den Klostermannfall und seine eigenen Verwicklungen darin hatte Max nicht mehr erwähnt, das schien ihm jetzt nicht klug.

Der Patient bedankte sich noch oft und überschwänglich bei seinen Rettern und versprach, bei Max anzurufen, wenn er das Krankenhaus verlassen durfte. Max hatte den Eindruck, dass dieser Mann zwar das Rätsel lösen konnte, dass er aber mit dem Fall nur am Rande zu tun hatte, vielleicht war er lediglich ein Informant gewesen, der zuviel herausbekommen hatte und jetzt eingeschüchtert werden sollte?

Eva schien das genauso zu sehen: „Du glaubst doch nicht wirklich, dass der etwas mit den anderen Sachen zu tun hat. Also, Verbrecher ist das keiner."

„Weil er Deutschlehrer ist", feixte Max „oder hast du auch noch andere Argumente?"

Pan Ašnbrenr schweigt

Max wendete vor dem Eingangsbereich des Zwieseler Krankenhauses. Die Stoffeinkaufstasche des Tschechen, mehr hatte dieser nicht dabei, mit dem Logo des Kreiskrankenhauses als Aufdruck, hatte er auf den Rücksitz geworfen. Max war gespannt, ob er etwas aus dem Beifahrer herausbringen würde.

„Das ist jetzt doch schnell gegangen. Nach 2 Tagen schon entlassen." Max war bemüht, mit dem Tschechen Hochdeutsch zu sprechen.

„Ich wollte nicht mehr länger bleiben. Polizei hat zu viele Fragen. Und ich keine Antwort." Der Tscheche sprach jetzt, da er nicht mehr unter Druck stand, ein ziemlich flüssiges, wenn auch nicht akzentfreies Deutsch. „Ja natürlich, er ist ja auch Deutschlehrer", erinnerte sich Max.

„Noch nicht mit der Tür ins Haus fallen, sonst macht er wieder zu und du bekommst nichts raus aus ihm, erst einmal Vertrauen bilden", sagte der Psychologe in Max. Der Realist in ihm dagegen machte eine andere Rechnung auf: „Bis Sušice hast du noch eine Dreiviertelstunde, bis dahin musst du ihm was rausgekitzelt haben, sonst hast du eine kleine Böhmerwaldrundfahrt gemacht. Aus."

Zwiesel Nord:

„Ja, war die Polizei öfter bei Ihnen?"

„Dreimal. Wollten immer wissen wer mich hat aufgehängt. Hab immer gesagt: Weiß nix. Bin nicht lebensmide. Hab dann immer gesagt: Bin todmide und hab so getan, als ob schlafen. Komisch: todmide – lebensmide. So nah beieinander."

„Und doch so unterschiedlich", versuchte Max, den Faden fortzuspinnen.

Ludwigsthal: Als sie am Schloss vorbeifuhren, glaubte Max, bei seinem Beifahrer eine Reaktion zu bemerken, ein Zucken in seinem immer noch etwas verschwollenen Gesicht, das im Übrigen, je mehr davon sichtbar geworden war, immer sympathischer ausschaute. Wenn da nichts ist!

„Sie sind doch ein Experte für Karl Klostermann?", fragte Max ganz beiläufig.

„Karel Klostermann, ja, bin ich", antwortete der Tscheche.

„Hier, in dem Schloss, an dem wir gerade vorbeifahren, handelt eine Geschichte von ihm, der „Vollendete Kavalier"."

„Ja, ich weiß. –Dokonaly kavalir – . Bin schon wieder todmide, muss schlafen jetzt." Damit legte der Tscheche seinen Kopf zur Seite, als Zeichen, dass das Gespräch für ihn beendet war. Für Max war ab jetzt klar, dass d e r etwas wusste. Seine Reaktion war zu eindeutig gewesen. Der brave Soldat Schwejk ließ grüßen.

Bayerisch Eisenstein:

Natürlich hatte Max keinen Blick gehabt für die romantisch-schöne Strecke am Regenfluss entlang, für die Buchen in ihren letzten Brauntönen, für das fallende Laub, das auf die Windschutzscheibe traf. Max hatte fieberhaft überlegt, wie er den Tschechen zum Sprechen bringen konnte. Einfach ein Gespräch, und dann würde sich alles andere schon ergeben.

„Haben Sie es sehr eilig, Herr Aschenbrenner?" Max verwendete im Geiste lieber die deutsche Version des Namens. In der Aussprache war es eigentlich ziemlich egal. Nur die Schreibweise war halt für einen Deutschen ziemlich ungewohnt.

„Ich würde Sie gern auf einen Kaffee einladen, das tut Ihnen sicher gut, wenn Sie so müde sind. Und ein Stück Kuchen könnten wir beide auch vertragen."

Ohne die Reaktion seines Beifahrers abzuwarten, hatte Max an der Brücke über den Regenfluss den Blinker gesetzt und war rechts abgebogen Richtung Ortsmitte. Beim Sportgeschäft Raith parkte er auf dem Kundenparkplatz und die beiden gingen die paar Schritte über die Strasse ins Cafe Zitzlsberger. Die Kuchen und Torten dort schmeckten wirklich ausgezeichnet, Eva und Max hatten das schon öfter festgestellt. Vielleicht wurde der Tscheche gesprächiger, wenn es ihm gut ging.

Zwei Tassen Kaffee und zwei Stück Preiselbeersahne später: Max war immer noch nicht weiter. Der Tscheche hatte ihm erzählt, dass seine Familie ursprünglich aus Rehberg komme, dem heutigen Srni, dass er aber seit vielen Jahren in Bergreichenstein, Kašperske Hory, wohne, weil er von dort näher zum Gymnasium in Schüttenhofen habe.

Ašnbrenr war Mitte 30 und unverheiratet. „Freundin lebt in Sušice", erhielt Max als Antwort, als er fragte, ob der Tscheche verheiratet sei. „Heiraten vielleicht nächstes Jahr, aber jetzt geht noch nicht. Muss erst…“. Hier brach Ašnbrenr ab. Was war da? Was musste er?

Max erfuhr noch, dass sein Gegenüber wirklich ein ausgewiesener Klostermannexperte war, aber als Max diese Gelegenheit nutzen wollte, um ein wenig nachzubohren, wurde der Tscheche schon wieder einsilbig und kam schnell auf ein anderes Terrain.

„Aschenbrenner ist alter deutscher Name. Meine Vorfahren sprachen noch Deutsch wie Muttersprache. Erst nach Krieg, nach Vertreibung ist Name zu Ašnbrenr geworden. Aschenbrenner ist schener, Ašnbrenr kürzer.“

„Und warum sind deine Vorfahren nicht vertrieben worden?“ Max kam das „Du“ viel natürlicher vor, der Toni dagegen fiel immer wieder in die Höflichkeitsform zurück. Ob das der Altersunterschied war? Aber der Jiří vom Bräustüberl sagte auch „Du“ zu Max.

„Warum, warum? Ich weiß selber nicht genau. Meine Großmutter war Tschechin, ihr Bruder, mein Großonkel, hatte großen Einfluss in Partei. Und wir, wir lebten ganz hinten im Wald. Keiner hat uns registriert. Name wurde geändert, Sprache auch. Herz ist geblieben. Opa war nie besonders glicklich. Er wollte auch nie darüber reden. Egal. Ist so – bleibt so.“

Als sie in Eisenstein über die Grenze fuhren, war Max also noch nicht viel weiter. „Irgendwie muss ich dich knacken“, überlegte der Exkriminaler. „Ich muss nur den Schlüssel finden.“ Viel Zeit dazu hatte er nicht mehr.

Vom Eisensteiner Hochtal ging es hinauf, die Straße querte wiederholt den noch ganz jungen Regenfluss, der von seiner Quelle an einem Berg mit dem Namen „Panzer" der Grenze nach Westen hin entgegeneilte. „Pramen", erklärte Ašnbrenr und als ihn Max mit einem fragenden Seitenblick bedachte, übersetzte er: „Das ist Quelle, Quelle von eurem Regenfluss." Schau an, dachte sich Max, kaum ist der Bursch in seiner Heimat, da macht er den Mund auf. Das konnte ihm nur recht sein. Jetzt dran bleiben und das Gespräch in die richtigen Bahnen lenken. „Hier ist Wasserscheide", erklärte sein Nachbar wenig später. „Regen fließt in Donau und Schwarzmeer, Křemelna, auf Deutsch „Kießlingbach", rinnt in Moldau, Elbe und Nordsee. Und jetzt", fuhr der Tscheche fort, und sein Ton wurde sogar ein wenig schwärmerisch, „jetzt sind wir in Klostermanns Šumava, ihr sagt Behmerwald. Is so schen hier."

Ja, schön war es wirklich hier, vielleicht sogar unwirklich schön… Sie fuhren durch das nahezu menschenleere ehemalige militärische Sperrgebiet, die Straße lief fast schnurgerade, immer parallel zu den Grenzbergen, hinter denen die Herbstsonne bald verschwinden würde. Ihre letzten Strahlen tauchten die Landschaft in ein mildes Licht, der Wald schimmerte in den verschiedensten Blau- und Grautönen, die Berghänge, die schon im Schatten lagen, hatten ein tiefes, dunkles, geheimnisvolles Blau angenommen, die sonnenbeschienenen Gegenhänge dagegen leuchteten orange- und sogar rosarot. Dazwischen lagen weite Lichtungen, auf denen das hohe Riedgras golden und altrosa schimmerte, die silbernen Fäden des Altweibersommers glitzerten in der letzten, milden Herbstsonne, die ganze Hochebene hatte die Weichheit von Samt angenommen.

Max konnte nicht anders, er hatte seinen Wagen an den Straßenrand gelenkt, um dieses Schauspiel genießen zu können. Aus den Augenwinkeln sah Max, dass seinem Beifahrer Tränen übers Gesicht rannen. Jetzt durfte er nichts sagen, das hätte nur alles zerstört. Nach einigen Minuten, die Sonne war jetzt schon hinter den Grenzbergen untergetaucht, startete Max den Wagen und fuhr weiter.

Ganz unerwartet brach es aus seinem Beifahrer hervor:

„Danke, danke, ich weiß gar nicht, wie oft ich mich bedanken soll."

Beim alten Wallfahrtsort Gutwasser verließen die beiden die Hochebene mit dem Sperrgebiet bei immer noch ganz gutem Licht. Die Straße führte nun ständig bergab ins Tal der Otava, über das Städtchen Hartmanitz, das schon fast im Dunkeln lag, dann an der linken Seite des wilden Flusses entlang, dessen mächtiges Brausen durch das leicht geöffnete Beifahrerfenster deutlich zu hören war. Als sie die Brücke kurz vor Langendorf erreichten und den Fluss an seiner anderen Seite wieder aufwärts fuhren, war es schon stockfinster.

„Noch bis zum Ringplatz", meldete sich der Fahrgast, nachdem die beiden schweigend die lange Ahornallee passiert hatten, die nach Bergreichenstein hinaufführte.

Langsam ließ Max sein Fahrzeug auf den ausladenden, schönen Marktplatz rollen, in dessen Mitte die große gotische Kirche stand, ihren Turm hatte die Finsternis verschluckt.

„Hier wohne ich“, dirigierte Ašnbrenr den Max in eine kleine Seitenstraße, die vom Marktplatz nach oben abbog. „Ich geh nur schnell ein frisches Hemd anziehen, warten Sie hier, ich mechte Sie einladen, Abendessen.“ Max zögerte erst und verneinte dann: „Ich hab doch noch einen weiten Weg. Meine Frau wird sich Sorgen machen.“ „ Sie missen“, drängte Ašnbrenr, „ich bin so dankbar.“ Das Nein hatte Max natürlich aus reiner Höflichkeit gesagt. Vielleicht konnte er dem Tschechen doch noch ein paar Informationen entlocken… .

„Gut, ich ruf nur kurz meine Frau mit dem Handy an.“

Toni Ašnbrenrs Wohnung war klein, aber gemütlich eingerichtet, im Wohnzimmer, das gleichzeitig als Bibliothek und Arbeitsraum diente, deutete der Tscheche auf eine Couch: „Hier kennten Sie schlafen, kein Problem.“

„Ich fahr lieber heim.“

Noch ein Pivo!

Das Gasthaus, auf das Ašnbrenr zielstrebig zusteuerte, erwies sich als eine Kneipe, in der offensichtlich eher Einheimische als Touristen verkehrten, der Gastraum war nicht groß, sechs oder sieben Tische mit weißrot gehäuselten Decken, an einem davon saßen Gäste, teilweise in Arbeitskleidung, hinten die Schänke mit einem dicken Wirt, über ihm die Leuchtreklame „Pilsener Urquell". Die Gäste und der Wirt begrüßten die Neuankömmlinge, Ašnbrenr schüttelte einige Hände und musste offensichtlich Auskunft geben über seinen Zustand: Sein Gesicht war immer noch geschwollen und gerötet. Max hätte gern gewusst, was der andere gesagt hatte. Am Lachen der Wirtshausbesucher konnte Max erkennen, dass er die Fragen mit einem Scherz abgetan hatte. Ihn hatte Ašnbrenr wohl als Deutschen vorgestellt, denn zwei von den Gästen sagten auf Deutsch „Guten Tag" zu Max. „Setzen wir uns hierher", wies Ašnbrenr auf den Tisch, der am weitesten von den anderen entfernt war. Max schien das ein gutes Zeichen. Vielleicht würde der Tscheche doch reden.

„Zum Trinken? Pivo?", fragte der Wirt. Zum Essen würde er wohl ein Pilsener Bier trinken dürfen, überlegte Max. Er wusste natürlich, dass im Nachbarland strengere Gesetze herrschten als in Bayern, aber: ein Bier, das konnte er seinem Gastgeber und sich selbst nicht abschlagen.

Die beiden studierten die Speisekarte. Ašnbrenr deutete auf ein Gericht. „Gulasch ist sehr gut, mit behmische

Knedel und Okurka, Gurke sagt ihr. Oder Svičkova, Lendenbraten mit Rahmsoße, wie bei Babička, Großmutter. Vielleicht auch Sulc, mit Essig, Öl und Cibulka, Zwiebeln." „Sulz, wie bei uns, die nehm ich." Max begann langsam, sich heimisch zu fühlen. Das gemütliche Gasthaus, der freundliche Wirt, die Stammtischbrüder, das erinnerte ihn sehr an sein Stammlokal, das Bräustüberl.

Ein Tisch hatte sogar begonnen, Karten zu spielen.

„Mariasch, so heißt das Kartenspiel, große und kleine Hochzeit, kennen Sie?"

Max konnte nicht „Mariaschen", er hatte aber schon von diesem Spiel gehört.

„Ich würd´s gern lernen."

Als der Wirt zwei Halbe Bier brachte, auf denen der Schaum fünf Zentimeter dick stand, die Gläser waren von dem kühlen, goldgelben Getränk leicht angelaufen, da fühlte sich Max noch mehr daheim und als er den ersten tiefen Zug von dem hopfenbitteren Urquell getan hatte und sich den Schaum vom Bart wischte, hatte Max das Gefühl, hier schon immer Zuhause gewesen zu sein.

„Wollen wir nicht endgültig Du zueinander sagen? Ich bin der Max."

„Und ich heiße Antonin. Aber Freunde sagen Toni zu mir."

„Toni, das kann ich mir leicht merken, also, Toni, trinken wir darauf, auf uns, dass es uns so gut geht."

Auf Tonis Gesicht legte sich ein kleiner Schatten. „Mir nicht so gut, hab Probleme, kann aber nicht sprechen davon. Muss das selber lesen."

„Vielleicht kann ich dir bei der Lösung deiner Probleme helfen, Toni, ich war bei der Kriminalpolizei, früher, als ich noch gearbeitet habe." Bei dem Wort „Polizei" zuckte Toni zusammen. „Nix Polizei", begann er, hielt aber mitten im Satz inne, weil der dicke Wirt ein Gulasch für Toni und die Sülze für Max auftischte. „Noch ein Pivo?" Jetzt stand Max vor der Entscheidung: Trank er kein Bier mehr, so würde sein Gastgeber vielleicht aus Höflichkeit auch keines mehr trinken, die vertrauliche Stimmung zwischen ihnen beiden wäre verraucht, die Gelegenheit wäre verpasst. Trank er dagegen noch eins, würde er nicht mehr heimfahren können. Was er von Eva morgen zu hören kriegen würde, wusste Max genau. Aber jetzt, so kurz vor einem möglichen Durchbruch? Max beschloss, sich zu opfern. „Kann ich wirklich bei dir übernachten?", fragte er den Toni. „Natierlich kannst du bei mir übernachten, hab ich doch Bett schon hingerichtet", beeilte sich Toni zu versichern. „Kein Problem."

„Gut, dann ruf ich nur kurz meine Frau an."

Max wusste, dass seine Eva heute einen Klassenelternabend hatte. Der Anrufbeantworter stellte keine Fragen.

Die Sulc erwies sich als angemachter Pressack. Sie harmonierte hervorragend mit dem Bier und Max seufzte zufrieden, als er Messer und Gabel weglegte. Auch Toni, sein neuer Freund schien das Essen genossen zu haben. Ohne ihre Bestellung abzuwarten hatte der dicke Wirt das dritte Bier gebracht, es auf ihre Bierfilzl gestellt und mit den Worten „Hat geschmeckt?“, die Teller abserviert.

Nachdem sich die beiden Männer mit dem frischen Bier kurz zugeprostet hatten, schien es Max an der Zeit, auf das Thema zu kommen.

„Also, Toni. Ich war bei der Polizei, bis vor einem halben Jahr, sogar bei der Kriminalpolizei, aber jetzt nicht mehr, jetzt bin ich in Pension. Ich muss niemandem erzählen, was ich von dir erfahre, du kannst mir vertrauen. Vielleicht kann ich dir auch helfen oder einen guten Rat geben.“

Toni starrte schweigend auf den Tisch. Sekundenlang. „Du hast mir schon geholfen, Max. Mir kann keiner helfen.“ Schweigen. Dann: „Ich muss iberlegen. Weiß noch nicht genau.“

Die Themen, über die Max und Toni die nächste Stunde sprachen, waren harmlos: Tonis Arbeit am Gymnasium, sein Interesse an der deutschen Sprache und Kultur.

„Ašnbrenr, weißt du überhaupt, Max, wo mein Name herkommt? So haben im Böhmerwald viele Menschen geheißen. Aschenbrenner war ein Beruf, wichtig für Glasmachen. Ururgroßvater war bei Familie Abele beschäftigt, beste Glasmacher von Böhmerwald. Meine Großeltern sind geblieben, nach dem Krieg, ich hab dir schon erzählt. So ist aus der Familie Aschenbrenner die Rodina Ašnbrenr geworden: Fünf Buchstaben weniger sind´s, kannst nachzählen. Wir Tschechen sind sparsam mit den Buchstaben, alleine das s mit dem Häkchen spart zwei."

Während die beiden neuen Freunde bei der fünften oder sechsten Halbe waren, Max hatte langsam den Überblick verloren, verließ der Stammtisch das Wirtshaus, Max und Toni saßen alleine da. Der Wirt war in der Küche beschäftigt und streckte nur hin und da seinen Kopf aus der Tür, um nachzuschauen, ob die beiden noch ein Bier verlangten.

Jetzt war die Gelegenheit da.

„Also, Toni, die Sache mit dem Ameisenhaufen. Ich muss immer noch daran denken, und du doch ebenso. Das hätte auch tödlich enden können. Selbst wenn dich die Ameisen nicht erwischt hätten, einen Tag mit dem Kopf nach unten, das hält einer ja vielleicht noch aus, aber viel länger hätte das wohl nicht gedauert mit dir. Glaubst du denn, dass die Leute, die dir das getan haben, Ruhe geben? Dein Leben ist nicht mehr sicher, das ist dir schon klar, oder?" Max hatte sich für den direkten Weg entschieden, weil er sah, dass er so auch nicht weiterkam.

„Ach Max, du weißt ja nicht, was das für Leute sind. Die haben mich sicher beobachtet und sie hätten mich schon abgeschnitten, aber noch mehr tot als lebendig, sie wollen ja noch etwas von mir. Das war Strafe, Folter, wie vor 200 Jahren, wie es Karel Klostermann beschrieben hat. Grausam!"

Der Wirt hatte seinen Kopf wieder durch die Tür gestreckt und Toni verstummte. Er deutete auf ihre inzwischen wieder leeren Gläser. Der Wirt verstand die

Geste, schenkte ein, brachte die vollen Gläser, sagte noch so etwas wie „Konec“ und verschwand sofort wieder. „Letztes Glas, Max, dann ist Schluss, Konec.“ Dieses Wort kannte Max von irgendwo her. Natürlich! Die tschechischen Zeichentrickfilme, die Max noch von seiner Kindheit her in Erinnerung hatte, die hatten immer so geendet: Konec.

„Mit mir auch bald Konec“, sagte Toni mit belegter Stimme.

„Konec ist erst, wenn alles vorbei ist. Hab Vertrauen, Toni, es gibt bestimmt eine Lösung, aber du musst reden.“

Ein tiefer Seufzer kam aus der Brust des Tschechen: „Vielleicht ist besser, aber nicht mehr hier. Zuhause hab ich auch Pivo – und Schnaps.“

Auf diese Ansage hin seufzte Max auch, aber mehr innerlich. Pivo und Schnaps, das verhieß nichts Gutes. Aber wenn es der Wahrheitsfindung diente. „Die Ausreden von euch Alkoholikern“, hätte Eva gelästert. Wohl wahr.

Toni zahlte, die beiden neuen Freunde verließen die Gaststätte und traten in die Nacht hinaus auf den zu dieser Stunde völlig verlassen vor sich hinträumenden Bergreichensteiner Marktplatz. Als sie die dunkle Kirche passierten, schlug eine blechern klingende Kirchenglocke dreimal. Viertel vor Elf, das ging noch, auch sein Alkoholpegel, so fand Max, hielt sich in Grenzen, er war noch ganz gut auf den Beinen. Das böhmische Bier hatte eben um ein Fünftel weniger Alkohol als das bayerische. Fünf Halbe ist gleich vier. Rechnen konnte er noch. Respekt, Max!

„Bitte nach dir, Max." Toni hielt die Haustür auf. „Jetzt nach oben." Max ging die Treppe hoch in den ersten Stock, wo Tonis kleine Wohnung lag. An der Tür stoppte er.

„Hast du nicht richtig abgesperrt? Die Tür steht ja offen."

Toni begann zu zittern. „Klar hab ich gesperrt. Das weiß ich sicher."

„Bleib stehen." Max ertappte sich, dass er schon wieder im Begriff war, eine Dummheit zu begehen und den starken Mann zu markieren. Andererseits: Wie sollte er Toni sonst überzeugen, dass er alles im Griff hatte und dieser keine Angst zu haben brauchte. Also Sicherheit ausstrahlen, rein zur Tür, laut genug, damit die Einbrecher noch die Möglichkeit hatten, durch irgendein Fenster abzuhauen und auf das Glück hoffen, dass sie längst schon wieder über alle Berge waren… .

„Polizei", rief Max laut und deutlich. Die Macht der Gewohnheit. Hoffentlich waren diese Gangster so international, dass sie das auch verstanden. Er sollte doch noch etwas Tschechisch lernen, weil man´s einfach brauchte. „Polizei, kommen Sie raus!" Nichts. Auch kein Geräusch war zu hören, das darauf hindeutete, dass sich noch ein Besucher in der Wohnung aufhielt. Langsam bewegte Max sich vorwärts. Im Gang stand ein Besen, den er packte und vor sich hielt. Besser als nichts, aber Max war sich bewusst, dass sein Auftritt langsam skurrile Formen annahm. Eva würde er nichts davon erzählen dürfen!

Die erste Tür, die Max checkte, führte in die Küche. Alles in Ordnung. Dann eine, die offenbar in Tonis Schlafraum ging, Max öffnete vorsichtig, sah sich um: Kein Mensch.

Das Bad gegenüber: Auch leer. Blieb noch das Wohn- und gleichzeitig Arbeitszimmer, in dem Max schlafen sollte. Schon als er die Tür einen Spalt breit öffnete, sah der Kriminaler, dass hier etwas gesucht worden war. „Polizei", rief Max erneut. Nichts, kein Geräusch. Entschlossen betrat Max das Zimmer. Der Schreibtisch war durchsucht worden, Papiere lagen wild durcheinander im Raum: Auf dem Boden, auf der Schlafcouch. Aus den Regalen waren Bücher gerissen und achtlos überall verteilt worden. Hatten die Einbrecher sie beide beobachtet, als sie am frühen Abend hier angekommen waren? Hatten sie vielleicht auf den Toni gelauert, um ihn nochmals in die Mangel zu nehmen. Und dann, als sie sahen, dass dieser in Begleitung war, ihren Plan geändert und in ihrer Abwesenheit die Wohnung durchsucht? Wonach hatten die Einbrecher gesucht?

Diese Frage musste jetzt endlich Toni beantworten. Max war entschlossen, nicht mehr loszulassen. Das war schon immer seine größte Stärke gewesen: Wenn er etwas in seinen Fängen hatte, gab er es so leicht nicht mehr her.

„Setz dich her", befahl Max dem zitternden und sichtlich angeschlagenen Toni, „hol vorher noch ein Bier und erzähl!"

Minutenlang saß der Tscheche am Tisch, das volle Glas Bier vor sich, die Ellbogen auf die Tischplatte gestützt, den Kopf tief in seinen Händen vergraben. Dann, endlich, hob er den Kopf, öffnete ein Auge, das zweite, fuhr sich durch die Haare und begann zu reden.

„Keine Polizei", waren seine ersten Worte. „Keine Polizei, sonst geht´s mich schlecht. Ich erzähl nix, wenn du Polizei rufst. Versprichs mich!"

Max wollte jetzt endlich etwas rauskriegen, deshalb wiederholte er „keine Polizei". Er selber würde sich daran halten, aber Max war klar, dass der Fall ohne die Ordnungshüter nicht zu lösen sein würde.

„Lange Geschichte, wo fang ich an?"

„Wie hast du diese Leute kennengelernt?", versuchte Max zu helfen. „Sind die auf dich zugekommen, wie ist das gegangen?"

„Sind nicht auf mich zugekommen, einer hat mich gekannt, schon von Schulzeit her, weißt du."

***

Als einmal der Anfang gemacht war, ging es ziemlich leicht. Toni erzählte und schien auf einmal sogar erleichtert, das alles loswerden zu können und Max hörte zu. Er war ein sehr guter Zuhörer. Nur hin und wieder unterbrach der Deutsche den Tschechen, wenn etwas unklar war oder wenn er etwas noch genauer wissen wollte. Viermal noch musste Toni Bier holen gehen. Max stellte fest, dass Tonis Deutsch mit jeder Halbe besser wurde. Oder war es so, dass sein eigenes Sprachverständnis sich mit jedem Bier besserte?

Am Schluss jedenfalls, so gegen halb zwei, wusste Max Bescheid. Hoffentlich konnte er sich morgen noch an alles erinnern, waren die letzten Gedanken von Max, als er auf Tonis Wohnzimmercouch einschlief. Auch bei ihm hatte das Bier sich schon bemerkbar gemacht. Gut, dass keine Tonaufzeichnungen von dem „Verhör“ existierten.

Nebel am Hennenkobel

Auf der Heimfahrt nach Zwiesel am nächsten Morgen ließ sich der Ex-Kommissar die ganze Geschichte, die ihm der Tscheche gestern erzählt hatte, nochmals durch den Kopf gehen. Ein wenig verkatert hatten die beiden neuen Freunde Abschied genommen. Max hatte versprochen, zu helfen, aber je weiter er sich von Kašperske Hory entfernte, desto unsicherer wurde er: „Du Idiot", knirschte er in seinen Bart hinein, als er über die Otavabrücke bei Langendorf fuhr. „Du Idiot, das Versprechen kannst du nie halten, und der Bursch´ verläßt sich auf dich!"

Das wildromantische Otavatal, durch das Max fuhr, kam ihm mit einem Mal bedrohlich vor, die dichten Grenzwälder des ehemaligen Sperrgebiets, das er dann querte, schauten schwarz und undurchdringlich auf ihn herunter. Max gab Gas und war sich gar nicht bewusst, wie schnell er durch Železna Ruda, das ehemalige Böhmisch Eisenstein raste. Trotzdem nahm er überdeutlich wahr, woran er vorüberfuhr: Vietnamesische Straßenhändler, bei denen es gefälschte Markenware und dazu noch so ziemlich alles zu kaufen gab, was Gott verboten hatte, Spielcasinos und Bordelle, eins nach dem anderen. Die altehrwürdige Kirche, die achteckige, in der Ortsmitte schien dagegen wie aus der Welt gefallen.

„Der Klostermann", so fuhr es dem Max durch den Kopf, „der Klostermann würde sich im Grab umdrehen, wenn er das sehen müsste."

Nach dem, was er gestern von Toni gehört hatte, war Max klar, dass er in diesem Ort ansetzen musste, hier war der Schlüssel zu finden, der das Geheimnis lüften und dem Toni vielleicht Erlösung bringen konnte.

Aber erst musste er mit seiner Eva über die Geschichte sprechen. Unbedingt. Auch in seiner aktiven Zeit hatte Max das Gespräch gebraucht, die Dienstbesprechungen mit den Teams, die vertraulichen Unterredungen mit den Kollegen, auch ganz gerne mit den Kolleginnen. In der Diskussion mit anderen waren ihm stets die besten Ideen gekommen. Team hatte Max keins mehr, also: Eva.

Eva war froh, dass ihr Mann endlich zu Hause war. Wenigstens hatte er angerufen, so konnte sie ihm nicht böse sein. Aber als er ihr erzählte, was in Bergreichenstein passiert war, bildeten sich Sorgenfalten auf ihrer Stirn.

„Sag, dass das nicht wahr ist! Jetzt ermittelst du schon in Böhmen. Ich hätte niemals gedacht, dass dir dein Beruf so abgeht, das wird ja immer schlimmer. Und immer gefährlicher. Ich möchte noch keine Witwe werden. Du hast mir das so schön ausgemalt, hier im hintersten Wald, mit dir, du zeigst mir alles, ich kann mit dir die Schönheiten deiner Waldheimat erforschen, jetzt beginnt bald die Skisaison, ich will zu zweit, mit dir, zum Langlaufen gehen, nicht alleine, will mit dir im Lift zum Arber sitzen und nicht mit wildfremden Leuten."

„Ich kann doch auch nichts dafür", versuchte Max zu beschwichtigen, „ich hab diesen Fall nicht gesucht, der Fall verfolgt mich. Und jetzt muss ich ganz einfach dem Toni Ašnbrenr helfen. Du fandest ihn doch auch ganz sympathisch, Den kann man doch jetzt nicht alleine lassen, der ist ja verloren gegen die… ."

„Und wer wachst mir die Langlaufski, wenn ich Witwe bin?" Max schaute so dumm drein, dass Eva einen Lachanfall bekam. Nach wenigen Augenblicken stimmte ihr Mann in das Gelächter ein und die beiden steckten einander immer wieder an.

Eva rieb sich die Tränen aus den Augen: „So, und jetzt erzählst du mir alles. Eigentlich wollte ich heute Nachmittag zwar Schulaufgaben korrigieren, aber das Wetter ist einfach noch zu schön. Komm, wir gehen nach dem Mittagessen auf den Hennenkobel und auf dem Weg beichtest du."

„Jawohl, Frau Oberstaatsanwältin!", feixte Max, froh, dass Eva ihn verstand und er sie an seiner Seite wusste.

Das Wetter hatte sich jedoch innerhalb einer halben Stunde geändert und der Herbst zeigte sich plötzlich von seiner grauen Seite. Auf ihrer Fahrt von Zwiesel nach Rabenstein an den Fuß des Hennenkobels, tauchten sie kurz vor Rabenstein mit ihrem Wagen in eine Wolkenwand. Als sie aus dem Auto stiegen, nieselte es leicht.

„Ich hab keine Regenkleidung, glaubst du, es wird noch schlimmer?" Eva war immer etwas ängstlich, was das Wetter anbelangte.

„Ah wo, das ist doch nur Nebelreißen, das ist gar kein Regen, außerdem sind wir nicht aus Zucker". Max konnte das Wetter gar nicht „schiach" genug sein, selbst an Tagen, an denen man keinen Hund vor die Tür jagte, brauchte er keinen Schirm: Sein wasserdichter Trachtenhut und seine Wetterjacke genügten ihm. Und noch nie, seit Eva ihn kannte, hatte ihn eine Erkältung geplagt.

„Dann leih mir wenigstens deinen Hut, damit meine Haare trocken bleiben."

Zum Glück hatte Max eine seiner Baskenmützen im Auto, die tat es auch. In früheren Jahren waren die beiden jedes Jahr nach Frankreich in den Urlaub gefahren und Max hatte jedes Jahr zwei Mitbringsel heimgebracht: Eine Baskenmütze und ein Opinel-Taschenmesser. Von beiden konnte ein Mann nicht genug haben, fand Max. Heute begann Eva, die ob der Marotte ihres Mannes immer still den Kopf geschüttelt hatte, zu verstehen. Zumindest was die Mützen betraf.

Nachdem sie den ersten steileren Anstieg bewältigt hatten, kamen die zwei auf eine Forststraße, die einige hundert Meter sanft bergan führte.

„Wie fang ich an?" Max brauchte noch einige Schritte, um sich zu sammeln. „Am besten bei meinem neuen Freund, dem Toni Ašnbrenr."

„Da hast du aber schnell Freundschaft geschlossen, das ist doch sonst nicht deine Art, du bist doch schließlich ein Waldler – oder jetzt nicht mehr?"

Max hörte die Ironie deutlich aus Evas Worten heraus. Fast wäre er ein wenig eingeschnappt gewesen, wegen der Anspielung auf seine Herkunft aus dem Bayerwald, auf die er eigentlich immer stolz gewesen war. Stolz – und doch häufig ein bisschen verletzlich: in seinen ersten Jahren in München hatte Max oft erlebt, dass das Wort „Waldler“ als Bezeichnung für ungehobelte Menschen verwendet wurde. Mit der Steigerung „Waldlerbüffeln“ hatte ein Lehrer am Gymnasium in Zwiesel täglich seine Überlegenheit und sein Entsetzen über die Klasse, mit der Max die Schulbänke drückte, deutlich gemacht.

„Du müsstest es doch wissen, Eva: Manchmal geht es auch bei einem Waldler schneller mit der Freundschaft oder mit der Liebe, dafür hält´s dann umso länger.“ Eva wusste natürlich die Anspielung auf ihre Beziehung zu deuten. Bei ihnen hatte es ziemlich heftig geknallt, damals.

„Also, unterbrich mich nicht andauernd, sonst werde ich nicht fertig, bis wir den Berg rauf und runter sind.“

Inzwischen waren die beiden an einer Abzweigung angekommen, an der ein Wegweiser stand: „Hennenkobel, um die Felsen herum, 1 km“, war dort zu lesen. Jetzt gingen die beiden auf einem schmalen Weg bergwärts, rechts über ihnen türmten sich die Felsen, riesig, zum Teil ineinander verschachtelt, vermoost, auf manchen wuchsen Bäume, andere, gewaltig große Stämme hatte der letzte Sturm vor zwei Jahren umgeworfen oder abgedreht. Die Felsen, die Bäume, alle wuchsen sie in die Wolken hinein, die ihre Gipfel verschlangen. Sogar heute, als Eva und Max eigentlich den Kopf voller anderer Dinge hatten, mussten sie stehen bleiben und die grandios – schaurigen Bilder betrachten, Bilder, die so richtig zu ihrer derzeitigen Stimmung passten.

Im Weitergehen erzählte Max von der Fahrt, dem Abendessen und seinen vergeblichen Bemühungen, von dem Tschechen Informationen zu bekommen.

„Und dann sind wir zu ihm nach Hause, seine Wohnungstür war offen und sein Büro war durchwühlt worden. Alles auf den Kopf gestellt. Und wichtige Dokumente entwendet. Der Toni hat sofort nach ihnen gesucht, der wusste genau, was los war.

Und dann hat´s ihm alles rausgerissen. Ich hab das in meiner aktiven Zeit oft erlebt, bei Geständnissen. Da sammelt sich etwas an, der Druck wird größer und immer größer und dann, dann explodieren sie schier und sie wollen alles loswerden, was sie drückt und sie fließen über. So einen Moment musst du nutzen, sonst hast du deinen Beruf verfehlt."

Im Stillen schmunzelte Eva: Es war halt noch immer sein Beruf.

„Also: Der Toni hat sich immer schon für die Geschichte seiner Heimat interessiert. Weil er deutsche Vorfahren hatte, wie man ja an seinem Namen unschwer erkennen kann, Vorfahren, die mit dem Glasmachen zu tun hatten...," „auch das zeigt uns der Name ‚Aschenbrenner' ", unterbrach Eva kurz.

„Ja, genau", fuhr Max fort, „genau deswegen forschte der Toni über die Geschichte der Glasmacher im Böhmerwald und im benachbarten Bayern. So kam er auch in verschiedene Archive und so gerieten ihm schließlich Aufzeichnungen in die Hände, die völlig in Vergessenheit geraten waren. Aufzeichnungen, in denen die

Rede war von einem kleinen Schatz, vom Schatz der armen Elise Hafenbrädl, verwitwete Abele."

„Der Elise also, die sich wegen dieses Münchner Strizzi vergiftet hat. Wie hieß der noch?"

„Streber, von Streber hat er geheißen und die Elise wollte, als sie ihn durchschaut und das Gift genommen hatte, verhindern, dass auch noch ihre ganz persönlichen Gegenstände, ihr Schmuck, das Familiensilber und wohl sogar einiges Bares in seine Hände gerieten. Sie ließ ihn durch einen ihr treu ergebenen Hüttenmeister wegschaffen und verstecken: Den Schatz der Elise."

„Das ist aber geheimnisvoll".

„Ja, und das Geheimnis ist bis heute nicht gelüftet." Inzwischen waren die beiden auf dem Gipfel angekommen. Der Wolkennebel war so dicht geworden, dass man die Gipfelfelsen nur als Schemen erkennen konnte. Das Gipfelkreuz war nicht weiter als bis zum Querbalken zu sehen. Irgendwie spiegelte diese kalte, geheimnisvolle, fast unwirkliche Szenerie genau die Situation, in der sich die Elise befunden haben mußte.

Nach einem kurzen Verschnaufen fuhr Max mit seiner Geschichte fort: „Der Schatz der Elise blieb verschwunden. Immer wieder sind Gerüchte aufgekommen, der feine Herr von Streber selbst wird wohl danach gesucht haben, der war so geldgierig, dem hat es bestimmt fürchterlich gestunken, dass er an das Bare und den Schmuck nicht rangekommen ist."

„Und die Aufzeichnungen, die der Ašnbrenr gefunden hat, die geben Aufschlüsse über das Versteck?"

„Ja, offenbar. Zumindest behauptet das der Toni. Er hat, nachdem er in einem tschechischen Archiv darauf gestoßen war und eine Kopie davon gemacht hatte, den Fehler gemacht, das in einer Stammtischrunde auszuplaudern. Davon haben bestimmte Kreise in Železna Ruda Wind bekommen. Und die wiederum haben den Toni erst kaufen wollen. Als das nicht half, haben sie ihn bedroht. Er hat sie mit einem Hinweis auf Schloss Ludwigsthal abzuspeisen versucht."

„Wie das geendet hat, weiß ich", warf Eva ein und Max fuhr fort: „Dem Toni wurde deutlich gemacht, dass mit solchen Leuten nicht zu spaßen ist. Kruminale! Erst haben sie ihn massiv bedroht und als er sich weigerte, etwas von seinen Informationen herauszurücken, haben sie ihn über den Ameisenhaufen gehängt. Das sind Methoden, die an die Mafia erinnern. Dann haben diese Gangster Tonis Wohnung aufgebrochen und dabei haben sie offenbar das erwischt, was sie suchten."

„Was sind denn das für Leute? Ich dachte, so was gibt es in unserem Bayerwald nicht." Max registrierte mit Freude, dass Eva sich mittlerweile schon so mit ihrer neuen Heimat identifizierte, dass sie das Wort „Bayerwald" mit einem besitzanzeigenden Fürwort verwendete.

„Erstens sind diese Leute keine Einheimischen. Ihr Kopf soll ein Pilsener sein. Glücksspielkönig, Bordellbesitzer, wahrscheinlich handelt er auch mit Drogen und Pornographie. Seine Partnerin ist, so hat mir der Toni erzählt, eine Deutsche, eine die sogar aus der näheren Umgebung, aus Straubing stammen soll, aber die hat der Toni noch nie zu Gesicht bekommen. Und die beiden sind sehr gut vernetzt: Der Vierkantschädel aus dem Bräustüberl, ich hab dir doch damals von ihm erzählt, sein Name fällt mir jetzt gerade nicht ein, der arbeitet auch für die beiden: ein wenig Drogenschmuggel über die grüne Grenze, helfen, solche Leute wie den Toni einzuschüchtern, das kann ich mir bei dem gut vorstellen. Kruminale, wie heißt der denn nur?“ Max ärgerte sich, wenn ihm Namen partout nicht einfallen wollten. In letzter Zeit, so meinte er, kam das öfter vor.

„Erwin, Erwin … .“ „Kopf wie Schädel, hast du mal gesagt“

„Stimmt! Kopf! Also den hat das Gangsterpaar auf seiner Lohnliste. Aber der ist im Moment nicht so wichtig. Wichtig ist, dass diese Leute versuchen werden, an den Schatz heranzukommen und zwar so bald wie möglich. Und das muss verhindert werden, Kruminale, auf jeden Fall.“

„Aber dazu müsstest du doch zuerst wissen, wo der Schatz überhaupt ist.“

„Toni glaubt es zu wissen. Und jetzt wissen es die Gangster wohl auch, wenn das stimmt, was Toni sagt, wenn sie nämlich seine Unterlagen geklaut haben. Er meint zwar, die Schrift auf dem Dokument, das er in einem tschechischen Archiv gefunden hat, sei nicht so leicht zu lesen und das Deutsch dieses Textes sei sehr altertümlich und auch ziemlich bairisch geprägt. Trotzdem wird die deutsche Freundin vom Bandenchef das irgendwann entziffern können, oder sie holt sich Hilfe.“

Die beiden kletterten inzwischen vorsichtig den befestigten Gipfelsteig nach unten.

„Hat dir der Toni gesagt, wo er den Schatz vermutet?", fragte Eva.

„Ja", kam die Antwort. Und dann sagte Max zu Evas Überraschung: „Und da gehen wir jetzt hin."

„Jetzt gleich?" Eva war ihr Unglaube ins Gesicht geschrieben.

„Jetzt gleich", wiederholte Max. Und bis wir dort sind, erzähle ich dir noch, wie der Schatz dorthin gekommen ist, wo er vermutlich jetzt ist."

Max dirigierte Eva auf einen Weg, der von Kreuzwegstationen aus Glas gesäumt war. Während sie den Kreuzweg in umgekehrter Reihenfolge abschritten, erklärte Max: „Der Toni hat mir erzählt, dass in dem Dokument, das offenbar aus der Abele-Verwandtschaft stammt, zwei mögliche Aufbewahrungsorte genannt werden.

Die Abeles werden gewusst haben, dass bei der Elise einiges da war und sie hätten ihre Schwägerin bestimmt auch darin unterstützt, diese Vermögensreste vor dem nimmersatten von Streber in Sicherheit zu bringen. Toni hat, dem tschechisch-deutschen Gangsterpaar gegenüber zunächst nur von Ludwigsthal als möglichem Ort gesprochen. Die haben natürlich spätestens nach ihren Einbrüchen gemerkt, dass dort nichts sein kann.

Bei der Renovierung ist fast jeder Stein umgedreht worden, die Fußböden wurden rausgerissen, die Restauratoren hätten sicher was gefunden, wenn es in Ludwigsthal versteckt gewesen wäre. Also hat man neuen

Druck auf den Toni ausgeübt, mit einer Methode, die auch einem so erfahrenen Kriminalisten wie mir Respekt abnötigt, mit einem literarischen Vorbild. Frau Professor: Das mit dem Ameisenhaufen müsste doch dir auch imponieren. Klostermanns Romane sind keine Literatur für Stubenhocker, sie sind großartige Beispiele für die Epoche des Realismus, ja geradezu des Naturalismus."

Vor lauter Begeisterung über seine Theorien war Max abrupt stehengeblieben, sodass Eva wieder einmal direkt in ihn hineingelaufen war.

„Pass doch auf, du kannst doch nicht einfach so stehenbleiben. Mir hat jedenfalls das Gesicht vom Toni gereicht. Wie der ausgeschaut hat, das war auch Naturalismus, der hat noch Glück gehabt, dass wir ihn gefunden haben, tot hätt´ er sein können."

„Das glaube ich nicht", gab Max zur Antwort. Er stand immer noch da und schaute Eva ernst an. „Tot hätte er den Gangstern am wenigsten genützt. Die wollten ihn nur einschüchtern, schwer einschüchtern. Und das ist ihnen gelungen. Übrigens, ich bin immer mehr der Überzeugung, dass jemand von den Foltergeistern ganz in der Nähe war, als wir den Toni gefunden haben. Die haben uns beobachtet, haben aber nicht eingegriffen, weil der Zweck ihrer Mission, nämlich den Toni einzuschüchtern, schon erfüllt war."

„Da wird mir ja nachträglich noch ganz schlecht".

„Denk nicht dran, vorbei ist vorbei", wiegelte Max ab. „Die Verbrecher haben auf alle Fälle die Zeit genutzt, als der Toni nicht zu Hause war und sich nicht mehr drauf verlassen, dass sie aus ihm die richtige Information herauspressen konnten. Sie sind, um im literarischen Bild zu bleiben, zu den Quellen gegangen. Quellenstudium sozusagen. Und das ist belohnt worden: Volltreffer! Wenn die Gangster die Quellen richtig auswerten, sagt Toni, finden sie das Versteck. Und wir sind jetzt auch fast an der Quelle angelangt".

„Hier? Hier soll ein Schatz liegen?"

„Schau nicht so dumm, ich erklär dir´s gleich. Was du hier vor dir siehst, das ist der frühere Rabensteiner Quarzbruch. Ich muss jetzt etwas weiter ausholen, sonst verstehst du nicht. Wenn ich zu umständlich und weitschweifig werde, dann..." „ja, dann unterbrech ich dich und sag´s dir." Eva fand wirklich, dass Max mit zunehmendem Alter immer ausführlicher, ja sogar ausschweifender erzählte. Alles musste er immer von allen Seiten her betrachten. Das hatte sie ihm erst vor kurzem gesagt. „Früher warst du ein Meister der kurzen Pointen", hatte sie gerügt, „heute erzählst du Romane". Offensichtlich hatte also die Kritik schon ein wenig gewirkt.

„Jetzt aber erzähl!"

„Also. Der Quarz- und der Waldreichtum sind wohl die Hauptgründe dafür, dass sich hier im Bayerischen Wald und im Böhmerwald Glashütten angesiedelt haben, die seit Jahrhunderten die Landschaft und die Leute prägen. Hier, direkt vor dir liegt die Quarzgrube, aus der über ein Jahrhundert lang reinster Quarz abgebaut wurde. Tonnen um Tonnen wurden ins Tal geschafft, in die Althütte bei Rabenstein oder hinüber in die benachbarten Hütten nach Schachtenbach, Regenhütte oder sogar bis hinunter nach Zwiesel und hinüber nach Frauenau.

Zuerst arbeitete man einige Jahrzehnte im Tagebau, dann wurde es schwieriger und man musste, ab 1831, unter Tage weitermachen. So entstand eine Riesenhöhle. 1881, nach fünfzig Jahren, wurde das Quarzbrechen eingestellt. Die Vorkommen waren größtenteils ausgebeutet und mit dem Bau der Eisenbahn, Waldbahn genannt, hatte man die Voraussetzungen geschaffen, besseren und billigeren Quarzsand aus Sachsen oder aus dem Rheinland zu bekommen."

„Woher weißt du denn das alles, mein kluger Mann?" Eva lächelte leicht ironisch.

„Das hat man in der Knabenschule in Zwiesel schon im Heimatkundeunterricht gelernt. Und da war ich einer der besten. Und wir sind mit unserem Lehrer auch heraufgewandert, von Zwiesel über den Hennenkobel zum Quarzbruch. Damals war der Stollen noch nicht verschlossen, wir sind mit dem Lehrer rein, er hatte eine Taschenlampe dabei und hat die Wände abgeleuchtet und das Wasser. Schwarz war es wie die Nacht. Ich kann heute noch die Schauer fühlen, die mir damals den Buckel hinunterliefen, so gruselig und geheimnisvoll war das für uns Buben. Unser Lehrer konnte auch noch gut erzählen und so hingen wir Buben an seinen Lippen. Das war Unterricht, der unter die Haut ging, buchstäblich, denn wie du siehst, ist eine Menge davon hängengeblieben. Glaubst du, dass deine Schüler in fünfzig Jahren noch irgendetwas von dir… ?"

Eva wollte schon zu einer Antwort ansetzen, da merkte sie, wie Max stutzte, ihr die Hand auf den Arm legte und ihr bedeutete, still zu sein. Sie waren offenbar kurz vor ihrem Ziel: Ihr Weg führte auf einen Felsen zu und in diesen Felsen war ein Loch gehauen: Der Eingang zum unterirdischen Quarzbruch! Nicht übermäßig groß. Dieses Loch wurde durch ein Eisengitter verschlossen und jetzt, als Eva genau hinsah, bemerkte sie es auch: Das Schloss des Gitters war gesprengt worden, alles aber war so hinterlassen worden, dass man die Manipulation auf den ersten Blick gar nicht entdeckte. Plötzlich überfiel Eva dasselbe Kribbeln, das sie schon bei der Entdeckung des armen Toni gehabt hatte. „O du grüne Scheiße", dachte sie, gar nicht deutschlehrerinnenhaft, während Max vorsichtig das Schloss entfernte und an der Gittertür zog. Knarzend öffnete sich die Tür.

„Ich glaube nicht, dass jemand drin ist, nicht jetzt, bei Tage. Die waren in der Nacht hier. Momentan kommen zwar kaum Leute hierher, es ist toter Herbst, kalt ist es auch schon, aber trotzdem: das Risiko wäre zu groß." Das Kribbeln bei Eva ließ nach. Trotzdem warnte sie Max. „Du willst doch da jetzt nicht reingehen. Nicht wirklich!"

Sekunden später standen die beiden in der finsteren Höhle, Max hatte Eva einfach mit sich gezogen. „Und jetzt pass auf!" Max hatte tatsächlich an alles gedacht: Seine Taschenlampe beleuchtete das finstere Wasser, dessen Spiegel total ruhig und glatt dalag. „Trügerisch ruhig", dachte Eva. So eine Szene bedeutete, literarisch gesehen, meist nichts Gutes. Das Kribbeln setzte wieder ein. „Auch von draußen, von außerhalb des

Gitters, hätte man mit der Lampe ein bisschen was gesehen. Aber das hier, das ist schon eindrucksvoller." Max leuchtete die Wände der ziemlich großen Höhle ab. Schwarze Wände, auf denen nur hin und wieder ein Glitzern aufschien. Und an der Decke hingen... Hunderte von Fledermäusen. Erst jetzt, da Max seine Lampe auch kurz nach oben huschen ließ, hatte Eva die Kolonien der kopfüber hängenden Tierchen gesehen, die der Scheinwerfer streifte. „Hier siehst du eines der größten Fledermaus-Winterquartiere in ganz Bayern", flüsterte Max. „Alle möglichen Fledermausarten ziehen sich in den Wintermonaten hierher zurück. Auch deshalb ist die Höhle verschlossen. Die Ruhe der Fledermäuse soll nicht gestört werden." Langsam und bedächtig zogen sich die beiden zurück und standen erneut am Eingang, wo das Tageslicht schon wieder eine andere Stimmung erzeugte.

„Wie damals beim Schulausflug".

Eva konnte die Begeisterung ihres Mannes nicht teilen. Sie schauderte erneut. „Komm, lass uns gehen. Dieser Ort macht mir Angst".

„Angst – wovor? Aber gut, gehen wir". Sie querten das Gitter und Eva zog erleichtert die frische Luft im Freien ein. Drinnen hatte es irgendwie gemodert, fand sie.

Sorgfältig richtete Max das Schloss wieder so ein, wie es vorher gewesen war.

„Jetzt gehen wir nach Rabenstein runter und ich erzähle weiter."

Die beiden marschierten flott die geteerte Forststrasse nach Rabenstein hinunter.

„Der Hüttenmeister, von dem ich vorher erzählt habe, der treue, versteckte den Schatz offensichtlich zuerst im Schloss Ludwigsthal. Ihm war aber klar, dass er dort nicht sicher war vor dem geld- und goldgierigen Witwer Streber, der im übrigen auch noch die Schwester der Elise verführt hat. Die war offensichtlich ziemlich willensschwach und ist dem diabolischen Charmeur auch nicht ausgekommen."

„So eine Sau", entfuhr es Eva. Ehrlich, aber wieder nicht deutschlehrerhaft, dachte Max, um dann laut fortzufahren:

„Aber das Schlimmste kommt noch. Der vollendete Kavalier hat schließlich auch noch die Tochter von der Elise, also seine Stieftochter, die zuerst überhaupt nichts von ihm wissen wollte, angebaggert. Und er war erfolgreich."

„So eine Obersau, ich bin fassungslos. Das Drama von Ludwigsthal. Dieser Titel ist wahrlich zutreffend! Und das alles hat dir der Toni erzählt? Dann kannst du doch gar nicht so betrunken gewesen sein, letzte Nacht."

„Äh, zurück zum Schatz. Wenigstens den hat der Streber nicht gekriegt. Der Hüttenmeister hat ihn weggeschafft, wohl bei Nacht und Nebel, als der feine Herr Streber mit seinen Zechkumpanen soff und zockte oder bei einer seiner zahlreichen Liebschaften lag, die er außerdem noch hatte. Über den Regenfluss musste er, dann wird er sich die Regenhänge hinaufgearbeitet haben, am Dachsriegel vorbei, an der Althütte vorbei bis zum Quarzbruch. Dort hat ihm der Bergmeister, den er offenbar gut gekannt und dem er vertraut hatte, Einlass gewährt. Eine Tante der Elise, Thekla, war mit dem Rabensteiner Glashüttenherrn von Kiesling verheiratet, der sogar Elises Vormund wurde. Die Thekla und ihr Mann waren da zwar schon längst tot, aber die Seilschaften haben offenbar noch funktioniert. Der Bergmeister war verantwortlich für den Quarzabbau, er hat dafür gesorgt, dass der Schatz gut verwahrt wurde, versteckt in einer Nische des unterirdischen Quarzbruchs, verdeckt von Geröll und Abraumschutt und er hat dafür gesorgt, dass keiner seiner Arbeiter diesem Winkel zu nahe kam. Er war der Hüter des Schatzes und er wollte ihn offenbar aufheben für die Nachkommen der Elise."

„Das ist ja fast so geheimnisvoll, wie die Sage vom Nibelungenschatz", warf Eva dazwischen.

„Ja, und ähnlich wie beim Nibelungenschatz: Der Hüter des Schatzes ist umgekommen. Wenige Jahre danach ist der Bergmeister tödlich verunglückt. Von seinem Geheimnis hat wohl niemand mehr etwas gewusst oder wissen wollen, wer weiß, womit er seine Arbeiter damals zum Schweigen gebracht hat. Wenn sie denn überhaupt etwas gewusst haben. Und wenig später ist das Bergwerk aufgelassen worden, die Gründe dafür hab ich dir ja schon erzählt. Der Entwässerungsstollen hat sich mit der Zeit verstopft und so hat sich der Quarzbruch mit Wasser gefüllt und der unterirdische See ist entstanden und hat den Schatz endgültig in der Versenkung verschwinden lassen. Geheimnisumwittert und sagenumwoben.

Einzig und allein das Dokument des Bergmeisters, das der Toni in alten Akten gefunden hat, erzählt uns noch davon. Der Toni sagt, die Lage der Kisten oder Truhen sei ziemlich genau beschrieben. Ob sie jetzt noch dort im Wasser liegen ist natürlich nicht sicher, zuviel Zeit ist seitdem vergangen. Aber die Gangster glauben, dass sie noch dort sind und sie werden sicher alles dransetzen, an die Kisten ranzukommen. Und wir müssen das verhindern."

„Mit „wir" hast du hoffentlich nicht mich gemeint?" Evas Stimme war anzumerken, dass sie mit dem, was Max vorhatte, überhaupt nicht einverstanden war.

„Mit „wir" habe ich nicht dich gemeint, du kannst beruhigt sein. Zum Glück hab ich noch einige Freunde, denn zur hiesigen Polizei brauche ich nicht gehen. Ich seh schon den Rindl , den Oberpolizeipräsidenten von Zwiesel vor mir, wie er sich aufbläst und mir einen Vortrag hält und mir zum Schluss den Rat gibt, mich endgültig zur Ruhe zu setzen und nicht andauernd ihm und seinen Kollegen auf den Wecker zu gehen. Letztes Mal hat er zu mir gesagt, ich solle ins Bräustüberl gehen und einen Schafkopf spielen, das sei auch spannend und ich würde damit nur vier Leute belästigen: meine Mitspieler und die Bedienung. Ich hab noch nie eine Bedienung belästigt, außerdem arbeitet dort ein Kellner."

„Ja, und der heißt Jiří und den hast du auch überhaupt nicht in deinen Fall hineingezogen, da kann ich ja nur lachen. Akzeptier doch endlich, dass du nicht mehr im Dienst bist."

Doch alle Appelle Evas halfen nicht, der Max blieb stur und schwieg, bis die beiden wieder am Parkplatz angelangt waren. Er sagte auch nichts, als er in Rabenstein vor einem Haus hielt, dessen Vorderfront ein großes Hirschgeweih zierte. Erst als er ausstieg murmelte Max „es dauert nicht lang".

Er klingelte an der Haustür, eine Frau in Evas Alter öffnete und begrüßte Max sehr freundlich, ja geradezu freundschaftlich mit einer dicken Umarmung. Nachdem die beiden einige Worte gewechselt hatten, schüttelte die Frau den Kopf, sagte noch etwas zu Max und verabschiedete sich von ihm – wieder mit einer Umarmung. Ein wenig verlegen kam er zum Auto zurück.

„Ist mir da etwas entgangen?", fragte Eva schnippisch. „Was soll denn da sein?", fragte Max zurück. „Die Kathi ist eine Freundin aus alten Tagen. Nicht wie du meinst", schob er nach, als er das Gesicht von seiner Frau sah. „Sie ist die Frau vom Emil, vom Bär Emil, dem zuständigen Förster hier. Den Emil kenn ich auch schon aus meiner Kindheit und die Kathi, die war einmal das schönste Weib von Rabenstein. Die hat uns allen gefallen, damals. Du weißt schon: sie war die, die die engsten Jeans anghabt hat. Die Blume aus dem Gemeindebau. Wie in dem österreichischen Song. Aber dann hat sie den Emil genommen und ich hab ja dich kennengelernt."

„Danke, Herr Kommissar, dass du mir das wenigstens jetzt sagst, nach so vielen Jahren Ehe, dass ich nur die Lückenbüßerin war."

Wie so oft, wusste Max nicht, wie er bei Eva dran war. Hatte sie jetzt nur Spaß gemacht oder war es Ernst? Max beschloss, diese Frage erst mal zurückzustellen. In der anderen Frage würde es sehr bald wirklich ernst werden.

Max schwieg, bis sie daheim waren.

Max in der Bärenhöhle

Mit der Kathi hatte Max ausgemacht, dass er heute Abend bei ihnen in Rabenstein vorbeischauen sollte. Bei den Bären. Dann würde auch der Emil daheim sein, der heute Nachmittag im Wald zu tun hatte. Oben, hinterm Hennenkobel. Ganz gut! Der Emil war der einzige, der ihm wirklich helfen konnte.

Als der Exkommissar gegen Abend nach Rabenstein in die „Bärenhöhle" aufbrach, wie er zum Haus von Kathi und Emil sagte, konnte seine Frau sich nicht verkneifen, einen Kommentar abzugeben.

„Pass nur auf, dass dich die Bärin nicht verzieht, tief in ihre Höhle hinein. Jetzt bereiten sich diese Viecher auf den Winterschlaf vor, da fressen sie sich gern noch etwas Speck an. So einer wie du könnte ihre Fettreserven erheblich erhöhen."

Diese Anspielung auf sein, wie er fand, kleines Rentnerbäuchlein und auf seine Jugendflamme hielt Max Esterl für höchst überflüssig, er behielt jedoch das, was er sagen wollte für sich. In zehn Minuten sollte er bei Emil sein, da hatte er keine Zeit mehr für ein überflüssiges Geplänkel.

Emil empfing ihn an der Haustür schon mit einem Glas Bier in der Hand. Wie es sich für einen Forstmann gehörte, trug er Grün – auch in seiner Freizeit.

Emil war ein Mannsbild. Stattlich, groß. Dass er auch gut durchtrainiert war, sah man auf den ersten Blick nicht. Da hatte man eher den Eindruck, das einarmige Reißen mit dem Maßkrug sei seine Hauptsportart.

Das stimmte schon, wie Max von vielen Schafkopfrunden her wusste. Aber der Emil war auch ein gut durchtrainierter Langläufer, wie es sie in Rabenstein, dem Bergdorf unterm Hennenkobel immer schon in großer Zahl gegeben hatte. Vor zwei, drei Jahrzehnten hatte er ziemlich erfolgreich Biathlon betrieben. Zahlreiche Urkunden, die im Hausgang unter den Jagdtrophäen aufgehängt waren, legten Zeugnis ab von seinen Erfolgen.

„Was führt dich zu mir her, Max?" Emil war kein Mensch, der große Umwege machte. „Was ist so dringend? Brauchst einen Rehschlegel? Da hätt ich grad einen."

„Das nächste Mal gerne, aber ich brauch ganz was anderes von dir. Ich brauch deine Hilfe."

„Dann erzähl."

Und Max Esterl erzählte. „Du warst doch auch dabei, damals im Bräustüberl, als sich dieser Vierkantschädel so aufgeführt hat, kannst dich nicht mehr dran erinnern?"

Natürlich erinnerte sich der Emil noch ganz gut an den Vorfall. Und so erzählte Max. Von seinen Beobachtungen, von seinem K.O. in Ludwigsthal, von dem Toni im Ameisenhaufen. Dieser Anschlag hatte sich, so Emil, in Windeseile unter den Forstleuten herumgesprochen gehabt. So etwas sei früher auch schon vorgekommen, da hätten Wilderer einmal einen Jäger aufgehängt, der ihnen zu stark hinterher war, gar nicht weit von der Stelle, an der Max den Toni gefunden hatte. „Die alten Geschichten. Sie werden weitererzählt und überleben Generationen." „Genau so eine alte Geschichte ist die meine auch. Sie ist zwar nicht weitererzählt worden, hat aber dennoch Generationen überlebt."

Max spann den Faden der Geschichte weiter. Was passiert war, als er den Toni in Bergreichenstein abgeliefert hatte. Und schließlich kam Max zum Schatz der Elise und zu seinem mutmaßlichen Versteck im Quarzbruch und zu den bairisch-böhmischen Schurken, die es auf diesen Schatz abgesehen hatten.

Emil pfiff durch die Zähne. „Das wäre eine Sensation! Ich war natürlich schon öfter im Quarzbruch, er liegt ja auch mitten in meinem Revier, aber mir ist da nie was aufgefallen."

„Wenn dir was aufgefallen wäre, dann hätte der Bergmeister seinen Job damals nicht gut gemacht. Der hat sicher gewusst, wo er das Zeug hintut. Und er hat dafür gesorgt, dass keiner dahinterkommt."

Der Emil hatte inzwischen einen roten Kopf bekommen. Ob wegen der Aufregung oder der vierten Halbe, das hätte der Max nicht sagen können. Er selber trank kaum etwas. Er wollte nicht zu Fuß heimgehen und auch nicht schon wieder über Nacht ausbleiben müssen, noch dazu in der Bärenhöhle, da hätte er sich morgen etwas anhören können, von Eva. Dass es auch Taxis gab, daran dachte Max nie.

„Da muss ich morgen früh gleich den Buchinger fragen, das ist unser ältester Holzhauer hier, ein direkter

Nachfahre übrigens des Stormberger, der von vielen auch „Mühlhiasl“ genannt wird, von dem hast du doch schon gehört.“

Natürlich hatte Max schon als Kind von dem Rabensteiner Seher und Propheten Stormberger gehört. Seine düsteren Prophezeiungen wurden im Bayerischen Wald von Generation zu Generation weitergegeben, ja sogar immer wieder aktualisiert. „Wenn der Buchinger nichts von dem Schatz weiß, dann weiß keiner etwas davon. Zumindest kein Lebender.“

„Aber“, fuhr der Kriminaler fort, „mir geht es jetzt nicht um den Schatz, sondern darum, dass dieser vermutlich in den nächsten Tagen geraubt werden soll. Viel Zeit haben die Gangster nicht. Die müssen befürchten, dass der Toni doch ausredet. Die haben jetzt Druck.“

Emil pfiff abermals durch die Zähne. „Und was willst du von mir? Ist das nicht ein Fall für deine Kollegen, äh Ex–Kollegen?“ „Leider bin ich der Ex-Kollege. Die lassen mich abblitzen, wie sie es schon mal getan haben. Da brauch ich gar nicht anfragen, die Antwort vom Rindl kenn ich schon. Übrigens, ist dieser Schatz, wenn er auf dem Grund der Bayerischen Staatsforsten gefunden wird, nicht Eigentum des Freistaats Bayern?“

Jetzt hatte Max die richtige Platte aufgelegt. „Ja genau. Das ist in meinem Revier. Und in meinem Revier sorge ich für Recht und Ordnung. Da brauch ich keine Polizei. Wir von den Bayerischen Staatsforsten sind noch grüner als die grünste Polizei. Wann glaubst du, wird's losgehen?"

Max, der nun doch ein wenig überrascht war von dieser spontanen Reaktion eines bayerischen Staatsbeamten, versuchte ein wenig zu bremsen. „Bald geht's los, aber nicht sofort." Emil begann zu glucksen: „Du redest ja schon wie der Mühlhiasl. Bald geht's los, aber nicht sofort. Bald geht's los, aber nicht sofort." Max wusste, dass nun Eile geboten war. Emil war mittlerweile bei der sechsten Halbe und wenn er so weitertrank, würde er sich in einer halben Stunde persönlich und sofort auf den Weg machen und den Schatz heben. Notfalls mit Badehose und Taucherbrille.

Also fasste Max sich kurz.

„Die Gangster brauchen, um den Schatz zu heben, entsprechende Ausrüstung: Ein Schlauchboot, Metalldetektoren, Taucherausrüstung, Bohrer, wahrscheinlich auch Sprengstoff. Dann natürlich Scheinwerfer und wohl sogar einen Generator zur externen Stromversorgung. Es dürfte nicht ganz einfach sein, das alles zu beschaffen. Deshalb bin ich ja bis jetzt auch noch so ruhig. Heute ist Freitag. Zwei, drei Tage benötigen sie mindestens. Meine Erfahrung sagt mir: Frühestens am Sonntag ist es soweit, dass sie alles beisammenhaben können, was sie brauchen."

„Eine Fahrgenehmigung für die Forststrasse, die sie benutzen müssen, bekommen sie von mir am Sonntag aber nicht, ha, ha, ha. Da bin ich nämlich beim Frühschoppen. Von 10 Uhr früh bis auf d´Nacht."

Der Emil hatte schon wieder eine Halbe Bier getrunken.

„Aber ab nächster Woche wird´s gefährlich. Dann könnten die Schatzsucher ihr Equipment beinander haben und kommen, mindestens einen Transporter werden sie brauchen. Natürlich müssen sie bei Nacht kommen, kein Problem für sie, es wird ja jetzt auch schon ziemlich früh finster. Und sie müssen eine Stunde vor der Dämmerung wieder weg. Es ist gar nicht gesagt, ob sie den Schatz, wenn er überhaupt noch im Quarzbruch ist, in der ersten Nacht bergen können."

„Das ist logisch… logischtisch tschiemlich komplitschiert. Dasch Gantsche."

Dass der Emil ausgerechnet heute einen solchen Hauer haben musste!

„Pass genau auf, was ich dir sage, Emil, sonst weißt du es womöglich morgen nicht mehr: Bis spätestens Sonntag brauche ich einen genauen Plan von dem Gebiet mit allen Forststrassen auf denen ein Transporter fahren kann. Sind die Strassen durch Schranken abgesperrt? Habt ihr ein Alarmsystem, das anzeigen könnte, wenn so eine Schranke aufgebrochen wird? Hast du ein paar Leute, die bei Nacht einige Bäume umsägen und damit die Strassen sperren können?"

Die Fragen von Max lösten bei Emil einen Heiterkeitsanfall nach dem anderen aus. Er schlug den Max zwei-, dreimal auf die Schulter: „Mei, Max, des wird a Gaudi! Die Verbrecher, die kasteln wir so ein! Wir hauen mit lauter Bäumen den Höhleneingang zu, dann kann keine Mausch mehr rausch. Keine Maus mehr rausch. Der Rausch hat sich festgesetscht, merkst du´s? Tschuligung."

„Emil, morgen ist Samstag. Am Vormittag bin ich bei dir. Sagen wir um Neun. Passt das? Dann fahren wir mit deinem Geländewagen nach oben und schauen uns die Gegend genau an. Kannst du dir das bis morgen merken?"

Der Plan

Bei der Ortsbesichtigung am nächsten Morgen war Emil wieder nüchtern, und die beiden Freunde schmiedeten den Plan.

„Ein Alarmsystem haben wir", begann Emil, der sich offenbar noch gut an das gestrige Gespräch erinnerte. „Sogar ein Super – Alarmsystem. Wir haben vor acht Tagen zwei Kamerasysteme zur Luchsbeobachtung bekommen. Die sind bis jetzt noch nicht einmal ausgepackt. Sie sollen den Winter über an bestimmten Stellen im Wald stationiert werden und Aufzeichnungen liefern über die Bewegungen der Luchse. Auf zwei Monitoren sehen wir direkt, was die Kameras einfangen, auch bei Nacht. Die Kameras können sogar per Funk in einem Winkel von 180 Grad gedreht werden. Lautlos! Die Aufnahmen werden aufgezeichnet und automatisch gespeichert. Neueste Technik. Ja, den Luchs lassen wir uns etwas kosten. Und was meinst du, wie wir uns halb tot lachen, wenn wieder einmal ein Langläufer direkt vor der Kamera hinbieselt. Die Kameras sind wartungsarm, nur alle zwei Monate muss der Akku gewechselt werden. Die Dinger liegen in meinem Büro, die nehmen wir."

„Du bist ja ein richtiger Problemlöser, Emil. Mit Leuten wie dir macht es Spaß, zusammenzuarbeiten."
„Man tut, was man kann", brummte der Förster bescheiden.

„Wir haben aber noch ein großes Problem", grübelte Max. „Das ist der Zeitfaktor. Es kann lang dauern, bis die Gegner angreifen. Tage können vergehen. Wir können kaum die ganze Zeit in Alarmbereitschaft bleiben.“

Emil grinste: “Da kann ich dich beruhigen. Ich hab heute schon im Internet nach dem Wetter geschaut. Da kommt was auf uns zu! Bis übermorgen hält es noch aus, aber dann, am Dienstag in der Nacht, möglicherweise auch erst in der Früh, dann geht die Welt unter. Schnee bis auf 600 Meter. Und zwar in Massen. Dort oben, auf fast 1000 Metern, rechne ich mit einem Meter Schnee oder mehr. Und dann geht nichts mehr bis zum Frühjahr. Der Schnee bleibt liegen.“

Max war oft mit den Langlaufskiern auf dem Hennenkobel oder auf den benachbarten Kaisersteigloipen gewesen. Das, was der Emil sagte, das stimmte: Schneesicherheit bis in den April hinein. Diese Wetterlage würde den Druck auf die Schatzräuber erhöhen und sie zwingen, innerhalb der nächsten zwei Tage zu handeln. Das machte die Sache leichter, fand Max. Die Vorbereitungen treffen, die Kameras aufbauen, dann ein, zwei Tage im warmen Forstamt auf der Lauer liegen, die Gangster beobachten, wie sie nach der Schufterei bei der Freilegung des Schatzes erschöpft aber happy aus dem Quarzbrucheingang kamen, Bäume umlegen, die Polizei benachrichtigen und zuschauen, wie sie die Gangster abkassierten. Da hatte Max schon schwierigere Aktionen erlebt. Und am nächsten Tag dann mit den Langlaufskiern am Tatort vorbeilaufen und sich den Erinnerungen an den großartigen Erfolg hingeben.

„Ach Max", hätte Eva gesagt, wenn sie seine Gedanken jetzt übertragen bekommen hätte. Und dann hätte sie ihre Augen verdreht und tief geseufzt.

Das Schwierigste an der Aktion würde wahrscheinlich sein, Eva davon zu überzeugen, dass sie absolut narrensicher und völlig ungefährlich war.

Alles ganz easy

Sonntagmorgen bei Familie Esterl.

Eva bestrich bedächtig ihre Kaisersemmel mit Butter und Marmelade, legte den Bayerwaldboten weg und sagte: „Schön, dass wir wieder einmal zusammensitzen, die letzte Zeit war ja immer etwas anderes los. Schau mal, hier in der Zeitung, da steht etwas vom Klostermann. Im Zwieseler Waldmuseum, das endlich wiedereröffnet werden soll, möchten sie eine Klostermann – Abteilung einrichten. „Dem deutsch–böhmischen Dichter“, so heißt es hier, „soll ein würdiger Platz zugewiesen werden.“

Respekt, da hat man mal eine gute Entscheidung getroffen. Ich bin gespannt, ob auch was Gscheites draus wird. Vielleicht trägt das ein wenig dazu bei, den Karl Klostermann in Deutschland populärer zu machen. Verdient hätte er es wahrhaftig. Ich hab noch weiter nachgeforscht über ihn.

Dass er zu seiner Zeit ungeheuer populär war in Böhmen, das weißt du ja. Tschechischer Literaturpreis mehrere Male hintereinander, Eintrag im Kindler, dem großen Lexikon der Weltliteratur, der Klostermann zählt zu den ganz Großen, das glaubt ja bei uns keiner! Und an seinem Grab in Pilsen wird ständig der Grabschmuck erneuert, so innig wird er noch heute verehrt. Können wir nicht mal hinfahren?“

Max hatte zwar keine große Lust, einen tschechischen Friedhof zu besuchen, auch wenn Karl Klostermann dort begraben war, aber um eine positive Atmosphäre herzustellen, stimmte er zu: „Toni könnte uns begleiten, er ist doch Klostermannspezialist und kann uns bestimmt viel erzählen."

Nun glaubte Max, genug für das Klima getan zu haben und so begann er, Eva auf die kommenden Ereignisse vorzubereiten. „Also, Eva, ich habe vorgestern und gestern, wie du weißt, lange Gespräche mit dem Emil geführt, dem Rabensteiner Förster. Und er ist auch, so wie ich, der Meinung, dass es nur eine Möglichkeit gibt, die Gangster zu fassen und gleichzeitig den Schatz zu sichern."

Max erzählte Eva fast alles, er schönte allerdings hier ein wenig, verharmloste dort etwas, so dass die anfänglich riesengroßen Bedenken Evas zu schwinden begannen. Ihr Widerstand legte sich endgültig, als Max ihr weis machte, der Schatz der Elise sei auf alle Fälle eine ungeheure Bereicherung für die neue Klostermannabteilung im Waldmuseum. Dieser Gedanke gefiel sogar Max selber und er beschloss bei sich, ihn wirklich zu verfolgen, wenn ihre Mission zu Ende war.

Eva glaubte fast alles und am Ende des Frühstücks sprach sie die erlösenden Worte: „Wenn´s denn gar nicht anders geht, dann schlag dir halt die Nächte um die Ohren. Aber spiel ja nicht den Helden, ich hab dich schon mal gewarnt."

„Was soll denn schon passieren, wir sitzen zuerst im Forstamt und schauen in einen Monitor und dann werden ein paar Bäume umgehauen und es wird die Polizei verständigt, die den Rest erledigt, Alles ganz easy, würden deine Schüler dazu sagen."

„Wenn das nur gut geht." Eva beschloss die Diskussion, schob energisch das letzte Stück Marmeladesemmel in ihren Mund und spülte mit Kaffee nach.

„Das geht gut, wirst sehen." Max trank auch seinen Kaffee. „Ich geh jetzt in die Kirch, nach Rabenstein. Kommst du mit?"

„Schon wieder? Nach Rabenstein? Nein, ich hab noch so viel zu korrigieren" antwortete Eva und bereute ihre Absage sogleich. Warum ging Max schon wieder nach Rabenstein in die Kirche?

Eva hatte richtig gelegen mit ihrer Frage. Max traf sich, nach der Kirche, nochmals mit Emil und die beiden besprachen ihren Plan erneut. Nun konnten sie die nächsten zwei Nächte auf sich zukommen lassen. Sie hatten das Gefühl, bestens vorbereitet und für alles gerüstet zu sein.

Alles vorbereitet

„Na, wie schaut´s aus?“ Es war Montagabend. Max schälte sich aus seinem dicken blauen Eisschießanorak. Der war so warm, dass sein Inhaber mit ihm auch die längsten und die kältesten Eisstockabende locker überstand. Eisstockschießen war ein weiteres Hobby des Ex– Kommissars. Nicht der Sport stand allerdings bei ihm im Mittelpunkt, sondern die Unterhaltung, die Gaudi. Und das Eisstockschießen war Bewegung in der frischen Luft. Dass am Rande der Eisbahn im Schnee immer auch eine Flasche Bier stand, war selbstverständlich und gehörte einfach dazu. Zuviel trank allerdings kaum einer der Eisschützen. Das Eis war sowieso schon glatt genug.

„Alles vorbereitet. Schau her!“ Emil zeigte auf die zwei Bildschirme in seinem geräumigen Büro, das im Erdgeschoß seines Wohnhauses lag. Auf dem einen war der Schlagbaum zu sehen, der in Schönebene die Forststrasse sperrte, auf dem anderen konnte man ganz deutlich den Eingang zum Quarzbruch erkennen und, nach einem Neunziggradschwenk, die benachbarte Forststrasse. Die Bildqualität war gar nicht schlecht.

„Alles ist bestens getarnt. Wir Jäger verstehen uns auf so was. Und – alles wird aufgezeichnet. Dann hast du Beweismittel.“ „Wunderbar, Emil, du hast wirklich an alles gedacht.“

„ Vier meiner Leute, auf die ich mich absolut verlassen kann, sind in Rufbereitschaft. Zwei wohnen in Bodenmais, sie sind in fünf Minuten am Schlagbaum in

Schönebene und können sofort die Forststrasse sperren. Die Bäume dafür haben wir schon ausgesucht, sie werden so geschlagen, dass sie von links und rechts auf die Strasse fallen. Durchkommen unmöglich. Und die anderen beiden machen sich von Rabenstein aus auf den Weg. Aber erst dann, wenn die Gangster den Quarzbruch verlassen haben. Sie fällen dort auch zwei Bäume und machen so den Rückweg unpassierbar und eine Flucht in Richtung Rabenstein unmöglich. Genial, oder? Die Räuber sind gefangen. In meinem Wald."

„Wenn es nur schon so weit wäre", dämpfte Max die Euphorie des Försters ein wenig.

„Reicht denn die Zeit zum Fällen der Bäume?" „Locker. Die Bodenmaiser haben die ganze Nacht Zeit, da pressiert überhaupt nichts. Die Strecke von der Schranke in Schönebene bis zum Quarzbruch beträgt ungefähr fünf Kilometer, zwei Bergrücken liegen zwischen den beiden Orten, die Gangster werden die Motorsägen also nicht hören, nicht einmal bei Nacht. Und sie sitzen ja zunächst auch im Transporter, dort hören sie, außer den Fahrgeräuschen kaum was.

Die beiden Rabensteiner Holzhauer haben auch genug Zeit. Wir sehen ja schon auf den Monitoren, wenn die Spitzbuben die Schatzkisten raustragen und in ihren Transporter verladen. Dann machen die Holzhauer sich auf den Weg, wir bleiben über Funk mit ihnen in Verbindung und sobald die Gauner auf dem vermeintlich freien Weg nach Schönebene sind, wuchten sie ihre zwei Bäume um und versperren den Rückweg. Diese Bäume haben wir natürlich auch schon ausgesucht und angeschnitten. Innerhalb zehn Minuten liegen die. Da kannst du Gift drauf nehmen. Hier der Baumverhau am Quarzbruch, dort der in Schönebene. Mit einem Transporter kommen sie da in Ewigkeit nicht mehr raus. Basta."

Der Emil hatte seinen Laden in Schwung. Effektive Behörde, die Bayerische Forstverwaltung.

„Respekt, Emil, du arbeitest mit Hirn."

Ein stolzes Lächeln huschte über das Gesicht des Försters. „Dass ich mit dir einmal zusammenarbeiten darf, Max, das hätte ich nie geglaubt. Oft hab ich an dich gedacht: Der Max erlebt die tollsten Abenteuer in München und ich sitz da in meinem Bayerwald wo sich Fuchs und Hase Gutnacht sagen und nichts rührt sich. Manchmal ist mir so fad, Max, das kannst du dir gar nicht vorstellen."

Max hatte noch nie so einen Gefühlsausbruch bei Emil erlebt. Von dieser Seite her kannte er seinen Freund gar nicht. „Das Einzige, was jetzt noch schief gehen könnte…", begann Emil und Max vollendete seinen Gedanken: „… wäre, wenn die Schlawiner gar nichts finden würden im Quarzbruch."

„Dann bekommen sie ein Bußverfahren wegen der Störung der Winterruhe von Fledermäusen. Bis zu 200 Euro kann sie das kosten." Emil hatte immer schon einen ausgeprägten Sinn für Humor gehabt.

Die nächsten Stunden verbrachten die beiden damit, auf die Monitore zu schauen. Die Nacht war mondhell und man konnte alles erkennen, was sich irgendwie rührte. Leider rührte sich kaum etwas. Nur einmal schnürte ein Fuchs an der Kamera vorbei. Mit der Nase am Boden.

„Halten Füchse eigentlich Winterschlaf, Emil?“, fragte Max, nur um ein Gespräch in Gang zu bringen.

„Die Füchse machen es nicht wie wir Bären. Die brauchen keinen Winterschlaf. Im Gegenteil: Im Spätherbst beginnt bei ihnen die Ranzzeit, dann sind sie richtig aktiv. Sexuell, meine ich.“

„Und ihr Bären seid da gar nicht aktiv. Was sagt denn deine Kathi dazu?“, fragte Max ein wenig anzüglich. Er wusste immer noch nicht, warum Kathi, die angehimmelte, damals ausgerechnet den Emil genommen hatte, der in ihrer Clique eher als Langweiler galt.

„Einmal im Jahr, das reicht bei den Bären“, wich Emil aus und damit war die Unterhaltung für längere Zeit beendet.

„Heute wird´s wohl nichts mehr.“ Max stand auf, reckte und dehnte sich, während er kräftig gähnte. „Jetzt ist es Mitternacht, ab jetzt wird ihnen die Zeit zu kurz. Bis sie abgeladen, das Gerät transportiert und alles vorbereitet haben… , das dauert zu lange, da bleibt ihnen keine Zeit mehr für die Suche.“

„Warten wir noch eine halbe Stunde. Dann funke ich meine Leute an, die Bereitschaft haben. Die können Schlafen gehen und du kannst heimfahren.“

Getan hatte sich natürlich nichts mehr. Im hellen Schein des abnehmenden Mondes fuhr Max nach Zwiesel hinunter, den Hennenkobel im Rücken. Deutlich sah er das schwarze Bergmassiv des Falkensteins vor sich, der Mond beleuchtete den Berg so intensiv, dass man meinte, sogar einzelne Bäume erkennen zu können. Ein fast irreal schöner Eindruck!

Der Blick auf die Lichter von Zwiesel holte Max wieder zurück in die Wirklichkeit. Was würde der morgige Tag bringen? Hatten sie an alles gedacht? Max hatte das Gefühl, dass ihre Gegner immer für eine Überraschung gut waren. Hoffentlich keine böse Überraschung! Kruminale!

Zweifel

Den ganzen Tag plagten Max Esterl die Zweifel. Hatte er wirklich an alles gedacht? War bestimmt keiner seiner Helfer gefährdet? Würde die Polizei rechtzeitig eingreifen können?

Dass er der Polizei nach der Aktion, auch wenn sie erfolgreich war, Erklärungen schulden würde, das verdrängte Max vorläufig. „Wer ein Tor schießt hat immer Recht". Diese Regel aus dem Fußball galt auch für diesen Fall. Also musste ihre Aktion unbedingt erfolgreich sein. „Kruminale!" So einfach war das!

Wieder fuhr Max Esterl gegen Abend nach Rabenstein, wieder war er gut eingepackt und wieder erwartete ihn sein Freund Emil schon im Försterhaus.

„Heut kriegen wir sie. Heut sind sie fällig die Gauner. Ich freu mich schon richtig, Max, heut gibt´s noch eine Gaudi." Obwohl Max bei sich ganz untypische Zweifel entdeckte, ließ er sich von seinem Freund Emil anstecken.

„Hast den Sekt schon kaltgestellt?", fragte Max, der wusste, dass der Emil kein großer Freund des Pritzelgetränks war.

„Da wenns´t mir nicht gehst", zeigte der Förster die erwartete Reaktion, „mit dem Gesöff! Einen Bärwurz hab ich im Eisschrank: klar – ehrlich – selbst angesetzt. Sogar meinen Namen trägt er, der B ä r wurz."

„Gut, Emil. Hoffentlich brauchen wir ihn heute noch."

„Da hab ich keinen Zweifel. Selbst der Petrus arbeitet diese Nacht für uns."

Das stimmte. Schon den ganzen Tag brachten die Nachrichten Wetterwarnungen vor Schneestürmen, die im Laufe der Nacht beginnen sollten und am Morgen das halbe Land lahmlegen würden. Die Autofahrer wurden aufgefordert, ihre Garagen nicht ohne Winterausrüstung zu verlassen und die Eltern von Schulkindern wurden gebeten, am Morgen die Nachrichten zu hören um zu erfahren, ob sie überhaupt in die Schulen mussten. Besonders der Alpenraum und der Bayerische Wald seien betroffen.

Die Räuber würden wissen, dass sie jetzt handeln mussten. Und sie würden sich einigermaßen sicher fühlen: In so einer Nacht würde außer ihnen keiner unterwegs sein. Wenn sie sich da nur nicht täuschten.

Es geht los

Emil und Max nahmen ihre Plätze vor den Monitoren ein, die schon Bilder lieferten. Alles war ruhig, keine Bewegung war zu sehen. Beide Männer starrten vor allem auf den Bildschirm, dessen Kamera auf den Schlagbaum in Schönebene gerichtet war. Hier mussten die Gangster auftauchen, eine andere Möglichkeit gab es, nach menschlichem Ermessen, nicht.

Eine Stunde verging, die beiden Freunde schwiegen meist, man hörte nur das Ticken der großen Standuhr an der gegenüberliegenden Wand. „Komisch, das Ticken der Uhr", dachte Max. „Sonst fällt einem das nie auf. Nur in solchen Situationen, da hört man´s."

Es war genau 22 Uhr 29, als Emil dem Max seinen Ellenbogen in die Rippen stieß.

„Da", flüsterte er, als ob ihn jemand an der kilometerweit entfernten Schranke hören hätte können, „da! Siehst du das auch?"

Natürlich sah Max das auch und sein Herz schlug mit einem Mal schneller: Ein großer, weißer Kastenwagen, die Kennzeichen waren nicht zu erkennen, hielt ganz knapp vor der Schranke, die Beifahrertür öffnete sich, zwei dunkel gekleidete Männer sprangen heraus und machten sich am Schloss der Schranke zu schaffen, das keine zwanzig Sekunden Widerstand leistete. „Profis", flüsterte Emil. Einer der Männer bewegte sich wie der Vierkantschädel Erwin Kopf. Aber Max konnte sich auch täuschen. Auf jeden Fall hatte die Kamera hervorragend funktioniert. Auf das Equipment der Staatsforstverwaltung war eben Verlass. Die kauften kein Glump. Die Schranke wurde geöffnet, der Transporter fuhr weiter, niemand machte sich die Mühe, die Schranke wieder so hinzulehnen, dass man nicht gleich sah, dass etwas nicht stimmte. Max hatte Recht gehabt: Die Burschen fühlten sich sicher.

Emil funkte seinen Trupp in Bodenmais an:

„Ihr könnt starten. Schaltet sicherheitshalber das Licht auf den letzten 200 Metern aus. Aber eigentlich braucht´s nicht mal das. Bis ihr kommt, sind die Gangster schon fast am Quarzbruch. Und: Ihr fahrt, wenn ihr die Bäume geschlagen habt, gleich wieder heim. Kein Warten auf die Gangster, keine Abenteuer, nichts! Legt euch ins Bett und hört morgen die Nachrichten. Verstanden!" Emil kannte seine Leute. Er hatte der Aktion nur zugestimmt, weil er kein Risiko für seine Holzhauer darin sah.

Lange mussten die beiden Freunde nicht auf den zweiten Monitor starren. Das Bild wurde heller, Scheinwerfer näherten sich dem Eingang des Quarzbruches. Dann waren die Lichter weg. Aha, das Auto war gewendet worden und wurde jetzt wieder in Position gebracht, die hintere Ladetür sollte möglichst nahe am Höhleneingang sein.

Schweres Gerät kam zum Einsatz. Mehrere Gestalten sprangen aus dem Transporter, drei von ihnen entluden ziemlich unhandliche Teile, die anderen zwei machten sich am Gitter zum Bergwerkseingang zu schaffen, einen davon, den größeren konnte Max ganz deutlich als den Erwin vom Bräustüberl identifizieren. Das Gitter wurde so weit wie möglich geöffnet und die Geräte wurden in die Höhle geschafft.

Max pfiff leise durch die Zähne. „Das sind wirklich Profis. Jeder Handgriff dieser Männer sitzt."

„Sagtest du „Männer"? Schau dir mal den da an. Ja genau, den, der gerade neben dem Kompressor steht. Ich fress meinen Jägerhut mit Gamsbart, wenn das keine Frau ist."

Jetzt, wo sein Freund das sagte, sah es Max auch. Bei der Truppe befand sich eine Frau. Schwarz gekleidet war sie und sie trug eine rote Mütze, unter der sich ihre Haare verstecken mussten. Nur an ihrer Figur und an ihren Bewegungen war irgendwie etwas Weibliches zu erkennen. Diesmal pfiffen beide, Emil und Max.

Die Vorbereitungen hatten keine Viertelstunde gedauert. Jetzt waren vier der fünf Gestalten in der Höhle verschwunden. Einer blieb heraußen, um den Kompressor zu überwachen. Er zündete sich eine Zigarette an.

Die beiden Beobachter am Monitor entspannten sich ein wenig. Jetzt konnte es lang dauern, bis wieder etwas passierte. „Viel Glück!", flüsterte Max. „Ha?" „Ja, Emil, wenn sie Glück haben, finden sie den Schatz. Und wenn wir beide Glück haben, finden sie ihn bald."

Die erste Stunde verging noch ziemlich schnell. Der Wachposten rauchte zwei weitere Zigaretten, es begann zu schneien, zuerst an der Schranke in Schönebene, kurze Zeit später am Eingang zum Quarzbruch. Das Schneetreiben wurde immer dichter, innerhalb einer halben Stunde war schon eine geschlossene Schneedecke entstanden. Die Sicht war natürlich nicht mehr so gut.

„Und wenn der Schnee eure Kameraobjektive zumacht?“ Max hatte sich im Stuhl aufgerichtet und schaute sorgenvoll zum Förster. „Ja glaubst du, dass wir nicht auch daran gedacht haben? Beide Kameras sind so an Baumstämmen befestigt, dass sie absolut geschützt sind, nicht ein Flöckchen kommt an sie ran, keine Angst.“

Erleichtert ließ sich der Kriminaler in seinen Stuhl zurückfallen. Der Emil, sein Freund Emil hatte wirklich an alles gedacht. So kannte er ihn auch vom Schafkopfen her. Den Emil konnte man nicht überrumpeln, der behielt klaren Kopf. Beim Schafkopfen, da war Max überzeugt, zeigte sich der wahre Charakter eines Spielers. Der eine war risikofreudig, der andere zurückhaltend, einer war aufbrausend, ein anderer litt still und freute sich nur innerlich… . Emil blieb cool.

„Schau, Max, da kommt einer raus!“

Anscheinend war er ein bisschen eingeschlafen gewesen. Max brauchte nicht lange, um sich zu orientieren Das war ihm jetzt peinlich. Ausgerechnet er, der Oberkriminalist! Die Hitze im Raum war es wohl, die Hitze, die ein Kachelofen verbreitete. An Holz brauchte so ein Forstmann sicher nicht zu sparen.

„Da, schau, jetzt erzählt er dem Wachposten etwas.“

„Der wird ihn bestimmt gefragt haben, ob sie schon was entdeckt haben.“

In einem Anflug von Humor verlangte Max:

„Komm, Emil, dreh ein bisschen lauter, damit wir den Burschen auch verstehen."

„Kannst du nicht Lippenlesen?", kam als Antwort.

„Kann ich schon, kann ich natürlich, so was lernt jeder bei der Kripo. Lippenleserlehrgang, das war, glaub ich, 1987, in Taub – erbischofsheim, oder in Lippstadt, weiß ich jetzt nicht mehr, aber das ist nicht das Problem."

„Was dann?"

„Ich kann kein Tschechisch."

Doch die Gesten der beiden waren zu deuten: Bevor der eine wieder im Bergwerkseingang verschwand, hob der andere den Daumen seiner rechten Hand. Das konnte man eigentlich nur als positives Signal sehen. Gleich danach telefonierte er mit seinem Handy. Konnte es sein, dass er seinen Auftraggebern in Železna Ruda signalisierte, wie nahe sie dran waren?

Wieder verging eine Weile, in der sich nichts tat, es war schon weit nach Mitternacht. Der Wachposten rauchte, der Kachelofen wärmte, nur hie und da hörte man das Knacken der verbrennenden Holzscheite, den Schnee schneite es immer dichter; es musste in der kurzen Zeit fast dreißig Zentimeter heruntergehauen haben. Das Starren auf den Monitor wurde langsam anstrengend und Max begannen die Augen zu tränen.

„Hoffentlich passiert bald etwas, das Warten zermürbt". Kaum hatte Emil diesen Gedanken ausgesprochen, da sahen die beiden Freunde auch schon Bewegung in die Szene kommen.

Sie konnten erkennen, wie Vierkantkopf–Erwin sich aus dem Eingang schälte, vollbepackt mit Gerät, und sofort auf die Schiebetür des Transporters zusteuerte, die der Außenposten schnell geöffnet hatte. Während die nächste Person auftauchte und genauso wie Erwin die Lasten verstaute, griff Emil zum Telefon und begann zu wählen. Max legte seine Hand auf den Arm des Försters.

„Warte noch. Erst wenn sie alle heraus sind und starten, erst dann haben wir die Gewissheit, dass alles nach unserem Plan läuft. Auf die fünf Minuten kommt es nicht an."

„Jawoll, Herr Kommissar!" Emil war immer noch erstaunlich ruhig.

Die beiden Lastenträger waren wieder in das Bergwerk abgetaucht, jetzt kam ein Mann heraus, der die Taucherausrüstung schleppte. Er schien mit dem Wachposten befreundet zu sein, denn die beiden klatschten sich mit den Händen ab. Mehrmals.

„Jetzt kannst du anrufen, das ist wohl eindeutig. Die beiden beginnen jetzt schon, ihren Erfolg zu feiern. Gib mir das Telefon rüber, wenn die Verbindung steht."

Während die beiden wie gebannt auf die Monitore starrten, rief der Exkommissar etwas lauter als gewöhnlich ins Telefon, dessen Lautsprecher er aktiviert hatte, damit sein Freund Emil das Gespräch mitverfolgen konnte. So würde er sich Erklärungen sparen.

„Ja, Max Esterl ist am Apparat. Genau d e r Max Esterl." Das Gesicht von Max entspannte sich ein wenig. „Gut dass gerade du Dienst hast, Alfons. Nein, ich möchte jetzt nicht von den alten Zeiten reden. Nein, ich bin auch nicht besoffen, weil ich so spät nachts anrufe. Hör zu, Alfons, hör bitte genau zu, und glaube mir, es ist kein Scherz, ich verarsche dich nicht. Von dir hängt alles ab. Und verlang bitte keine Erklärungen, die kriegst du später. Hör einfach zu."

In knappen Worten schilderte Max das Nötigste: „Internationale Diebesbande – Quarzbruch hinterm Hennenkobel – wollen türmen – sind auf dem Weg vom Quarzbruch zur Staatsstrasse Bodenmais – Arbersee – möglichst viele Polizisten aktivieren – auch auf der anderen Seite der Forststrasse in Richtung Rabenstein – von zwei Seiten her zupacken – niemand entkommen lassen – wertvolles Diebesgut sichern – Vorsicht: Schusswaffengebrauch zu befürchten." Max hörte kurz zu, überdrehte die Augen und beschwor den wachhabenden Polizisten durch´s Telefon:

„Dünne Personaldecke, Unfälle wegen des Schneefalls, Herrgott noch mal! Ruf alle an, die du kriegen kannst, auch die Kollegen in der Kreisstadt Regen, die sind sowieso zuständig für Bodenmais, löse Großalarm aus, schick Hubschrauber… . Es stimmt alles, was ich dir sage, du kennst mich doch. Ja, auf meine Verantwortung. Kruminale!"

Max gab das Telefon wieder an Emil zurück. „Der Alfons! Bis der das gecheckt hat."

Inzwischen waren die vier Männer um den Transporter versammelt, rauchten und klopften sich gegenseitig auf die Schultern. Dann erschien die fünfte Person, die Frau im Bergwerkseingang. Sie sagte etwas zu einem der

Männer, der ihr daraufhin nach drinnen folgte. Wenig später kamen beide zurück und trugen eine einzige Kiste, aus der offenbar noch Wasser troff. Max hätte sich so eine Schatzkiste etwas größer vorgestellt Sie schien aber einigermaßen schwer zu sein, denn die beiden mussten sie mit viel Schwung in den Wagen befördern. Die Kiste war offenbar noch nicht geöffnet worden oder die Gangster hatten sie wieder gut verschlossen. Nachdcm alles im Transporter verstaut war, bahnte sich dieser seinen Weg durch den Schnee Richtung Schönebene.

Emil war skeptisch:

„Bin gespannt, was drin ist. Ob sich das rentiert hat?"

„Das ist jetzt egal", antwortete Max und schaute gespannt auf den anderen Monitor, den in Schönebene. „Schau, jetzt sind sie an dem Baumverhau in Schönebene. Genau an der Schranke hatten die Bodenmaiser Holzhauer die Barriere errichtet, auf die man Scheinwerfer zukommen sah. „Jetzt müssen sie merken, dass da etwas faul ist."

Ein Mann war ausgestiegen, rüttelte an den Bäumen, natürlich vergebens. Der Mann lief zum Transporter zurück, die Scheinwerfer bewegten sich, man sah den roten Schimmer von Rücklichtern, der Wagen begann zu wenden. Leicht schien das nicht zu gehen, denn immer wieder leuchteten die Bremslichter auf. Die Forststraße war schmal und der viele Schnee machte die Sache sicher nicht einfacher. Dann entfernte sich der Transporter offensichtlich, auf diesem Monitor war jedenfalls keine Bewegung mehr zu sehen.

Inzwischen hatten die Rabensteiner Holzhauer schnelle und gute Arbeit geleistet. Auf dem zweiten Monitor konnte man das Fällen der Bäume zwar nicht direkt mitverfolgen, aber eine große Schneewolke zeigte den beiden Beobachtern, dass die Fällaktion erfolgreich gewesen war. Die Bäume mussten also knapp außerhalb des Kamerawinkels liegen. Gut so!

Die beiden Freunde ließen den Monitor nicht mehr aus den Augen. Bald musste der Transporter erneut am Bergwerkseingang eintreffen. Die Augen der Beobachter tränten mittlerweile vom andauernden genauen Hinstarren auf den Bildschirm, die Spannung stieg, es war fast nicht mehr auszuhalten, sogar Emil, sonst die Ruhe selbst, rutschte ganz nervös auf seinem Stuhl hin und her. Hoffentlich kam die Polizei rechtzeitig. Und hoffentlich hatte der Alfons genügend Polizisten zusammentrommeln können.

Das Herannahen des Transporters kündigte sich an: Scheinwerferlicht erhellte den zweiten Monitor, der Transporter kam ins Bild, langsam, er musste vor der Barriere abgebremst werden. Wieder stiegen die Leute aus und machten sich an der Sperre zu schaffen. Als sie sahen, dass keine Aussicht auf ein Durchkommen bestand, debattierten sie, heftig gestikulierend, miteinander.

„Schön langsam sollte die Polizei eintreffen, meinst du nicht auch." Emil konnte es schon nicht mehr erwarten. „Wir sitzen hier und können nichts, aber auch gar nichts tun, nur warten. Das ist Scheiße, Mist ist das."

Max hatte seinen Blick nicht vom Monitor gewandt. „Schau hin", rief er jetzt, selber aufgeregt, „schau, da tut sich was! Ach Alfons, du bist der beste!"

Tatsächlich konnte man nun auf dem Monitor erkennen, dass sich Blaulicht näherte. Das löste bei den beiden Beobachtern Jubelschreie aus. Gespannt warteten sie, wie die Betroffenen reagieren würden. Nach einer kurzen Zeit der Panik, während der sie wild durcheinander gestikulierten, schien sich eine der Personen durchzusetzen: die Frau. Sie debattierte kurz mit dem Mann, in dem Max den Vierkant – Erwin zu erkennen glaubte. Der deutete nach hinten, in Richtung Hennenkobel, die beiden sprangen in den Transporter, während die anderen drei Deckung suchten. Offensichtlich hatten sie Waffen dabei und wollten damit den beiden für ihre Flucht den Rücken freihalten und ihnen so zumindest einen Vorsprung verschaffen.

„Kruminale", ereiferte sich Max. „Jetzt sehen wir natürlich nicht, wo die zwei hin sind. Du kennst dich aus, was gibt´s denn da für Möglichkeiten?"

„Schwer zu sagen, aber im Prinzip gibt es zwei Richtungen, die ihnen noch bleiben: Nach oben, Richtung Bretterschachten. Aber da müssen sie zuerst durch ein Hochmoor, ein Naturschutzgebiet, total unwegsames Gelände, außerdem ziemlich weit bis zur Strasse von Bodenmais zum Arbersee. Oder runter nach Rabenstein. Da müssen sie aber über den Rücken des Hennenkobels, wenn sie nicht einen Riesenumweg machen wollen. Und da gnade ihnen Gott, wenn sie sich nicht gut auskennen. Einen Weg gibt es. Aber bei dem

Schnee und in der Dunkelheit… ." Emil beendete seinen Satz nicht.

Auch Max wusste, wie es dort oben aussah, er war schon einige Male zwischen den Felsen, die im Sommer den Zwieseler Bergsteigern als Trainingsobjekte dienten, nach oben gekraxelt. In die andere Richtung, nach unten, hätte er sich selbst im Sommer nicht getraut.

„Und wenn sie es doch schaffen?"

„Komm, wir fahren ihnen entgegen und empfangen sie." Emil war offensichtlich froh, nicht mehr tatenlos herumsitzen zu müssen. „Wir springen ins Auto und fahren die Forststrasse hoch, die etwa fünfhundert Meter unter dem Hennenkobelgipfel vorbeiführt. Die müssen die beiden queren, wenn sie runter wollen."

„Kommst du dort mit dem Auto hoch?"

„Kein Problem für meinen Allrad . Die Bayerische Forstverwaltung hat doch Geländewagen!"

„Die beiden werden bewaffnet sein."

Emil grinste: „Wir auch. In meinem Wagen ist mein Jagdgewehr. Und für dich hab ich extra einen Revolver deponiert. Weltkrieg II-Modell. Funktioniert aber noch ganz gut. Stirnlampen hab ich auch dabei, die sind so kräftig, dass sie einen auf fünfzig Meter total blenden. Aber halte sie, wenn´s zum Kampf kommt, in einem Abstand von etwa einer Armlänge vom Kopf weg, sonst kriegst du den Schuss direkt zwischen deine Lichter."

„Sauhund, alter Sauhund.“ Emil hatte dieses höchste aller Komplimente schon fast nicht mehr gehört, so schnell war er auf dem Weg nach draußen.

Ohne Allradantrieb wären sie wohl nicht durchgekommen auf der Forststrasse, denn es hatte ohne Unterlass weitergeschneit. Kein stürmisches Schneetreiben war es, sondern ein stiller, ungemein dichter Flockenfall. Zentimeter um Zentimeter wuchs die Schneedecke und der Geländewagen der Bayerischen Staatsforstverwaltung hatte große Mühe, sich seinen Weg zu bahnen. Nach einer Viertelstunde waren sie oben, auf der obersten Forststrasse, die, ohne große Steigung, unterhalb der Gipfelregion den ganzen Bergrücken entlang führte. Zwei Wege, die vom Gipfel nach unten führten, überquerten diese Forststrasse. Emil stellte den Motor ab und machte die Scheinwerfer aus. Sie stiegen aus. In der Finsternis war die Forststrasse zunächst kaum zu erkennen, aber die Augen der beiden hatten sich schnell daran gewöhnt. Die Stille am Berg war unwirklich.

„Ich glaube, wir sollten uns mehr auf den hinteren Weg konzentrieren, der um die Felsen herum führt. Wenn die beiden es über den Gipfel probieren, dann müssen sie eigentlich hier runterkommen. Der andere Weg führt direkt durch die Gipfelfelsen Aber am besten wird es wohl sein, wenn wir uns teilen. Und am besten ist es auch, wenn wir uns auf´s Gehör verlassen. Also selber leise sein und die Ohren aufstellen. In so einer Nacht hört man jedes Geräusch! Zwei-, dreihundert Meter weit.“

„Klar Emil", flüsterte Max, der sich ohne zu Zögern der natürlichen Autorität des Forstmannes untergeordnet hatte. „Wer etwas hört, ruft den anderen am Handy an. Die stellen wir stumm. Der andere weiß Bescheid und macht sich auf den Weg", antwortete der Förster mit ebenso leiser Stimme. „Waidmannsheil!"

Max bahnte sich seinen Weg durch die Schneemassen. Er stellte fest, dass er die richtige Kleidung gewählt hatte: Seinen alten schwarzen Skianzug, mit dem ihn Eva nicht mehr zum Skifahren ließ. Nicht mehr modisch, zu hässlich! Max aber liebte das Teil.

Es war gar nicht so einfach, sich in dem dichten Schneetreiben zu orientieren. Zum Glück war die Strasse so breit, dass sie wie ein heller Streifen inmitten des Waldes aufschien. Nur den schmalen Weg, der um die Felsen herum führte, den durfte Max nicht versäumen. Am besten, er konzentrierte sich darauf, den Wegweiser zu finden.

Nach etwa fünf Minuten hatte er die Stelle erreicht, wo der Weg um die Felsen herunterführte. Jetzt musste er Geduld haben.

Nichts war zu hören, nicht das leiseste Geräusch, schon seit zehn Minuten nicht. Zwischendurch hatte Max geglaubt, weit entfernt Schüsse zu hören, er hatte sie aber, wie immer, keiner Richtung zuordnen können.

Der Schnee hatte sich wie ein weißes Leintuch über die Landschaft gelegt. Mit einem Leichentuch hatte das einmal ein großer Dichter verglichen, Max fiel jetzt allerdings nicht mehr ein, welcher das gewesen sein könnte. Eva hätte das sicher gewusst, die musste er morgen fragen.

„Sonderbare Gedanken", ging es Max durch den Kopf, als er aus den Augenwinkeln eine Bewegung wahrnahm. Er wirbelte herum, dass er fast das Gleichgewicht verlor, gleichzeitig zuckte seine Hand zur Waffe und riss diese auf Augenhöhe, bis er sah, was ihn so erschreckt hatte: Drei Rehe, die allem Anschein wegen des Schneetreibens einen geschützteren Unterstand suchen wollten und den regungslos vor sich hinhorchenden Max nicht wahrgenommen hatten, stoben, durch die abrupte Bewegung des Wartenden aufgeschreckt, davon, dass der Schnee nur so staubte. Max stand jetzt, trotz der Kälte, der Schweiß auf der Stirn. Sein Herz pochte gewaltig. Er widerstand der Versuchung, den Rehen lange nachzustarren: „Lass dich nicht ablenken! In fünf Minuten ist hier vielleicht die Hölle los!"

Es dauerte keine fünf Minuten mehr!

Max hörte Stimmen von oben her. Das Pärchen musste sich schon bis in die Gipfelregion durchgearbeitet haben. Max aktivierte sein Handy, um Emil zu alarmieren.

Die Stimmen waren gut zu unterscheiden. Eine Frau und ein Mann. Aber verstehen konnte man nichts.

Dann wieder Stille. Ein Knacken. Nochmals.

Max sah, dass ein dunkler Schatten sich auf der Fortstraße näherte: Emil. Gottseidank!

Gleichzeitig aber wurde die Aufmerksamkeit des Ex-Kommissars wieder von den Geräuschen in Anspruch genommen, die von oben kamen. Und die hörten sich gar nicht gut an:

Die Stimme der Frau wurde lauter, panikartig laut und ging in ein Kreischen über. Das Kreischen der Frau wurde aber noch übertönt vom fürchterlichen Angstschrei des Mannes. Dieser Schrei dauerte nicht lange. Dann war Stille. Totenstille. Max musste sofort an das Leichentuch denken. Und er wusste auch gleich, was passiert war. Die Frau war anscheinend ausgerutscht, hatte sich aber offenbar wieder gefangen, während der Schrei des Mannes… .

„Jetzt pressiert´s". Auch Emil hatte die Geräusche richtig interpretiert. Die beiden Freunde arbeiteten sich nach oben. Nicht mehr auf dem Weg, der in einem großen Bogen zum Gipfel führte, sondern direkt zwischen zwei gigantischen Felsen hindurch.

„Hier genau geht´s zum Gipfel. Es gibt einen Durchschlupf zwischen den Felsen, den müssen wir erwischen, dann stehen wir direkt unter dem Gipfelmassiv", keuchte Emil hervor. Auch Max merkte inzwischen die Anstrengung. Immer langsamer kam er vorwärts, immer öfter rutschte er auf dem steilen Hang zwischen den Felsen einen oder zwei Schritte zurück, immer häufiger musste er innehalten, um wieder und wieder nach Luft zu schnappen. Gut dass Eva ihn nicht sehen konnte. Nicht auszudenken… .

Jetzt kamen die beiden an die Engstelle zwischen den Felsen, die sie nur einer nach dem anderen passieren konnten. Emil fasste Max am Arm und bedeutete ihm, keinen Ton von sich zu geben. Reden hätte Max vor

Atemlosigkeit sowieso nicht gekonnt. Dann deutete Emil an, dass er als erster durch die Öffnung gehen werde und Max ihn irgendwie sichern solle. Max holte den Revolver wieder aus dem Halfter und entsicherte. Die Stirnlampen hatten die beiden ausgeschaltet. Nichts war zu hören. Vorsichtig bewegte sich Max in den Fußstapfen seines Freundes durch den Schnee. Der tat, nachdem er zwischen den Felsen durchgeschlüpft war, noch zwei, drei Schritte und blieb abrupt stehen. Auf sein Winken hin kam Max nach. Emil deutete stumm mit dem Gewehrlauf nach oben, auf das etwa fünfzig Meter lange Schneefeld, das sich von ihnen bis zum Fuß des Gipfelfelsens erstreckte. Max trat neben Emil, so dass er auch etwas sehen konnte: Direkt unterhalb des Gipfelfelsens hob sich etwas Schwarzes vom Schnee ab, eine zusammengekrümmte Gestalt lag dort auf dem Bauch, regungslos, sonderbar verrenkt. Emil wollte zu der Gestalt hin, aber Max hielt ihn zurück. „Wo ist die andere? Jetzt sind wir noch einigermaßen in Deckung. Erst müssen wir peilen, ob die Luft rein ist."

„Hast Recht", flüsterte der Freund zurück. Die beiden warteten. Eine Minute. Zwei. Eine halbe Ewigkeit! Nichts rührte sich. Nichts war zu hören. In die Totenstille hinein rief Max : „Polizei, nehmen Sie die Hände hoch und bewegen Sie sich nicht!" Nichts rührte sich. Es war keine zweite Person zu sehen. Max deutete Emil an, ihn zu sichern, dann arbeitete er sich langsam auf die im Schnee liegende Gestalt zu. Nichts. Kein Geräusch, keine Bewegung.

Max beugte sich über den Gangster und erkannte im Licht seiner Stirnlampe sofort, dass es der

Vierkantschädel Erwin war. Und Max erkannte auch, dass der Abgestürzte noch lebte. Eine Birke, die in den Felsen hineingewachsen war, musste offensichtlich den Sturz gedämpft haben, der inzwischen einen halben Meter hohe Schnee musste ein Übriges bewirkt haben. Von der Frau war nichts zu sehen oder zu hören. Nun war Eile geboten. Wer wusste, welche inneren Verletzungen der Vierkant–Erwin davongetragen hatte?

Max nestelte erneut sein Handy aus der Tasche: „Alfons, bist du´s? Hör zu. Es hat einen Schwerverletzten gegeben, wahrscheinlich Lebensgefahr. Mitten zwischen den Felsen unterm Hennenkobelgipfel. Ja, auf der Rabensteiner Seite. Da kommt nur die Bergwacht hin. Ist sowieso schon in Bereitschaft? Ach Alfons, das macht ja richtig Freude, mit dir zusammenzuarbeiten. Also, die sollen mit dem Motorschlitten die obere Forststrasse entlang fahren, an dem Geländefahrzeug, das dort steht vorbei, bis dorthin, wo der Weg um die Felsen herum abzweigt. Diesen Weg noch etwa hundert, nein hundertfünfzig Meter aufwärts und dann müssen sie unsere Spuren sehen, die rechts abzweigen. Sie sollen den Spuren mit dem Schlitten so weit nach oben folgen, wie sie können, dann zwischen den Felsen durch. Da geht es nur noch zu Fuß und mit dem Akia weiter, aber dann sehen sie uns schon. Und bestell den Notarztwagen auf den Parkplatz beim Schloss in Rabenstein. Da kommen wir runter.“

Während Max telefoniert hatte, war Emil nicht untätig gewesen. Er hatte den Bewusstlosen ein wenig vom Schnee befreit, seinen eigenen grünen Parka ausgezogen und den Verunglückten damit zugedeckt.

„Sieht nicht so gut aus, glaube ich. Ob er das überlebt?"

„Ich würde es ihm wünschen. Du hast ihn ja auch kennengelernt, im Bräustüberl damals, beim Schafkopfen, wie er sich die Hand zerschnitten hat."

„Ach der ist´s. Darum ist er mir irgendwie bekannt vorgekommen."

Es dauerte nun schon einige Minuten, von der Bergwacht war noch nichts zu hören. Emil, der nur noch im Pullover dastand, begann zu frieren und stapfte ein paar Schritte durch den Schnee, um sich warm zu machen. Dabei stieß er mit dem Fuß auf etwas Hartes, das, schon halb zugeschneit, sich tief in den Schnee eingegraben hatte: Die Schatzkiste. Sie war mit dem Erwin in die Tiefe gestürzt, der Aufprall hatte die Kiste offenbar beschädigt, denn einiges von ihrem Inhalt konnte Emil im Schnee ertasten. Münzen.

Da war sie also, die Mutter allen Übels. Über hundertfünfzig Jahre hatte sie im Quarzbruch gelegen. Der „Vollendete Kavalier" hatte sie nicht bekommen und die Gangster auch nicht, der Schatz hatte nur Opfer gefordert: einen traumatisierten Tschechen, der wohl sein Lebtag einen großen Bogen um jeden Ameisenhaufen machen würde und einen Deutschen, der jetzt halbtot vor ihnen lag und dem auf alle Fälle das Gefängnis blühen würde. Immer noch besser als die Leichenhalle!

„Jetzt müssten sie aber langsam kommen." Emil schlug seine Hände um den Körper. „Ich geh ihnen entgegen, runter bis zum Felsspalt oder zum Weg, ich brauch sowieso ein wenig Bewegung."

Er deutete auf den Bewusstlosen. „Pass nur auf, dass er dir nicht entkommt."

Emil hatte seinen Humor schon wieder gefunden. Jetzt warf auch Max einen Blick auf die Münzen, die da im Schnee vergraben lagen. Morgen würde die Polizei alles sicherstellen müssen und bis dahin würde wohl jemand Wache halten und absperren müssen. Sonst würde sich noch in den frühen Morgenstunden halb Rabenstein am Tatort einfinden. So etwas Unerhörtes hatte sich hier seit den Zeiten des Waldpropheten Stormberger nicht mehr ereignet.

Es dauerte noch einige Zeit, bis Max Motorengeräusche hörte. Zum Glück hatten die Männer der Bergwacht mit ihrem Motorschlitten bis fast zur Felsspalte nach oben fahren können, so dass sie keine große Strecke mit dem handgezogenen Akia überbrücken mussten.

Der Vierkant-Erwin wurde erst auf eine kälteabweisende Folie gelegt, damit der Emil seinen Parka wieder anziehen konnte, dann machte sich der Notarzt an die Erstversorgung. Noch war Erwin nicht zu Bewusstsein gekommen, und so wurde er mit dem Schlitten nach unten zum Motorschlitten verfrachtet. Am Hubschrauberlandeplatz des neuen, mondänen Schlosshotels, wegen seiner Besitzer „Russenhotel" genannt, wartete schon ein Helikopter, der den Verunglückten ins Zwieseler Krankenhaus bringen sollte. Max und Emil blieben noch, bis die Polizei eintraf, um den Ort zu besichtigen. Die Beamten staunten nicht schlecht, als ihnen Max von dem Schatz erzählte, der da vor ihnen im Schnee lag. Zwar hörten sie zunächst ungläubig zu, wie Max vom „Sichern der Kiste und Denkmalschutz benachrichtigen" redete, aber keiner widersprach:

Das, was sie heute Nacht alles erlebt hatten, war schon so verrückt gewesen, dass es jetzt auf einen „Märchenschatz" auch nicht mehr ankam.

Die Frau, die geheimnisvolle, blieb nach wie vor verschwunden. Keine Spur von ihr. Weder die Bergwachtler noch die Polizisten, die Max befragte, hatten sie gesehen. Am nächsten Morgen würde sich überhaupt keine Spur mehr von ihr finden. Der Schnee würde alles zudecken.

Bärwurztime

Langsam fiel die Spannung von den beiden Freunden ab. Emil hatte ja von der Bergwacht seinen Parka wieder zurückbekommen, er und Max machten sich auf den Weg nach unten, zur Forststraße, von dort fuhren sie gemütlich durch die tiefe Schneebahn. Das Fahrzeug teilte den Schnee und schob ihn vor sich her wie ein Schiff seine Bugwelle. Der Vizepolizeichef Ludwig Rindl hatte Max auf seinem Handy zu erreichen versucht, aber Max hatte den Anruf abgewimmelt: „Ich versteh dich so schlecht, Ludwig, kein Empfang hier droben. Arschloch! Der will mir doch tatsächlich Vorhaltungen machen wegen meines eigenmächtigen Handelns. Er soll froh sein, dass wir richtig gehandelt haben. Er selber hätte doch den Fall nur vermasselt."

„Da hast du recht, Max. Und wir beide, wir fahren jetzt zu mir nach Hause. Die Helden sind müde, ihnen ist kalt und es gibt nichts mehr zu tun. Aus! Bärwurztime!" Emil war, für seine Verhältnisse, ganz aufgekratzt. Die Aktion hatte ihm sichtlich Spaß gemacht. Max hatte auch nichts gegen ein Glas Bier und ein Stamperl Bärwurz einzuwenden. An Schlaf war in dieser Nacht sowieso nicht mehr zu denken und Eva erwartete ihn heute Nacht nicht mehr. Am frühen Morgen, bevor sie zur Schule ging, würde er sie anrufen und ihr das Nötigste erzählen, wenn sie dies nicht schon in den Nachrichten gehört haben würde. Als Max einen Blick auf seine Armbanduhr warf, stellte er fest, dass der Anruf schon in einer Stunde fällig sein würde. Die Zeit war gerast!

„Prost, Max, es ist schon lange her, dass ich so eine Fetzengaudi mitmachen konnte. Ich danke dir von Herzen dafür, dass ich dabei sein durfte."

„Ach Emil, ohne dich hätte doch die Aktion niemals funktioniert. Auf so einen Mitarbeiter wie dich wäre ich stolz gewesen. Wir beide hätten die schwierigsten Fälle gelöst, in München."

Es blieb nicht bei dem einen Bärwurz.

Ziemlich früh schon wurden die beiden, Max hatte auf einer sehr breiten Couch geschlafen, aus dem Schlaf geweckt.

Die Polizei hatte eine Menge Fragen, natürlich hatte sich die Kripo eingeschaltet und Max musste sich viel Kritik von ihrer Seite anhören. „Solche Alleingänge, das müssten Sie doch von ihrer aktiven Zeit her wissen… ."

Max schaltete auf Durchzug, Emil war das sowieso egal. Er war den ganzen Tag lang wie berauscht von der nächtlichen Aktion. Nach Hause war Max noch immer nicht gekommen aber er hatte mit Eva telefoniert und diese hatte eine Freistunde genutzt und ihrem Max wenigstens ein frisches Hemd und frische Unterwäsche gebracht. Einerseits hatte Eva ihrem Mann ein dickes Bussl auf die Wange gedrückt, ihr Kopfschütteln danach, als sie ihn lange anschaute, ließ Max ahnen, dass noch eine schwierige Debatte folgen würde.

Der Lokalreporter des Bayerwald – Boten hatte schon Fotos der beiden Helden gemacht, die Sensationspresse und einige Privatfernsehkanäle hatten sich auch angesagt, das Schneechaos war jedoch so groß, dass sie den Weg von der Donauebene herauf in den „Wald“ nicht geschafft hatten. Zum Glück!

Die drei Männer, die den Rückzug von Vierkant – Erwin und ihrer Chefin decken mußten, hatten nach einem kurzen Schusswechsel eingesehen, dass sie keine Chance mehr hatten und waren, ohne großen Widerstand zu leisten, verhaftet worden. Erwin lag in sehr kritischem Zustand im Krankenhaus, es würde wohl noch lange dauern, ehe er vernommen werden konnte. Wenn er überhaupt durchkam.

Zwei Fußballspieler der Spielvereinigung Rabenstein – Klautzenbach, die sich nach einer ausgiebigen Sitzung im Vereinslokal heute in den frühen Morgenstunden zu Fuß auf ihren Heimweg gemacht hatten, behaupteten, dass sie schemenhaft eine attraktive Frau mit einer roten Mütze gesehen hätten, die per Handy telefoniert habe. Als sie ihr angeboten hätten, bei einem von ihnen zu schlafen, habe sie Reißaus genommen. Jeder von ihnen hätte gern sein Bett mit ihr geteilt, behaupteten sie. Ehrlich.

Doch dann sei auch schon ein Auto gekommen und habe die Frau mitgenommen. Auch das Auto, so die zwei Nachtschwärmer, hätten sie nur schemenhaft gesehen.

„Legt euch hin, schlaft euren Rausch aus, morgen seht ihr vielleicht weniger schemenhaft“, bedeuteten ihnen die Polizisten. Wenigstens wusste man jetzt, dass die Frau offensichtlich entkommen war.

Der Schatz wurde noch am nächsten Tag von einem Vertreter des Landesamtes für Denkmalpflege geborgen und sichergestellt. Es handelte sich um eine größere Stückzahl an Münzen, um Dokumente, die zum Glück wasserdicht verpackt worden waren und, wie schon Toni vermutet hatte, um offenbar sehr wertvollen alten Silberschmuck. Die Dokumente sollten von Experten ausgewertet werden, die Pretiosen wurden registriert und geschätzt.

Die Medien berichteten in großer Aufmachung vom „Schatz der Elise", Rabenstein wurde für wenige Tage zum Nabel der Welt.

Auch die Geschichten vom Waldpropheten wurden wieder ausgegraben. „Wenn hinterm Hennenkobel die grünen Manderl eine eiserne Kisten finden, dann ist das Weltabräumen nah!", sollte der Stormberger prophezeit haben. Eva war begeistert. Der Medienhype lieferte ihr Stoff für ganze Unterrichtsprojekte plus einer Facharbeit über „Neue Prophezeiungen des Waldpropheten Matthias Stormberger aus dem 21. Jahrhundert".

Max war, um dem ganzen Rummel zu entfliehen und nachdem er ausgiebig von den Kripokollegen vernommen worden war, nach Böhmen zu Toni geflüchtet. Dort ließ er sich von seinem neuen Freund, der noch immer im Krankenstand war, am Morgen die tschechischen Tageszeitungen übersetzen und am Abend das Mariasch – Spiel beibringen.

Die drei verhafteten Schatzräuber waren wieder auf freiem Fuß und sofort im Milieu untergetaucht, die deutsche Vizechefin der Bande, die in der Schneenacht so knapp entkommen konnte, hatte ein todsicheres Alibi: Fünf Gäste, darunter vier Deutsche hatten ihr bestätigt, dass sie in der fraglichen Nacht im Bordell LuLu in Železna Ruda hinter der Theke gestanden hatte; einen davon hatte sie sogar im Separee „bedient".

Die Kameraaufzeichnungen der Bayerischen Forstverwaltung gaben leider zu wenig her. Das Schneetreiben war zu dicht gewesen und die Mütze hatte sie zu tief ins Gesicht gezogen.

Den Vierkant – Erwin hatte es wirklich übel erwischt. Er würde das Krankenhaus erst nach Weihnachten verlassen können. Die Geschichte mit dem Ameisenhaufen konnte ihm wahrscheinlich nachgewiesen werden. Schwere Körperverletzung, immerhin. Das mit dem Schatz war dagegen fast eine Lappalie.

Der Förster Emil hatte recht gehabt: In den höheren Lagen war der Schnee liegen geblieben und Max stand in den nächsten Wochen fast täglich auf den Skiern.

Es war noch nicht entschieden, ob der Schatz als Leihgabe an das Schloss in Ludwigsthal oder ins neu erbaute Waldmuseum in Zwiesel gehen sollte. Beide wollten den Fund zur Attraktion einer neu aufzubauenden Klostermann – Abteilung machen.

Eva hatte zugesagt, sich mit einem P – Seminar des Gymnasiums Zwiesel darum zu kümmern. „Endlich mal was Gescheites. Etwas, das Literatur manifest werden lässt."

Max Esterl geht zum Stammtisch

Drei Monate später:

Der Minister für Landwirtschaft und Forsten, ein gewichtiger Mann, zog sich sein Trachtenjackett zurecht.

„…möchte ich nun zum Schluss kommen. Ihnen beiden gebühren Dank und Anerkennung. Ihre Zivilcourage, Ihr persönlicher Mut, Ihr selbstloser Einsatz haben dazu geführt, dass unserer Heimat ein Schatz erhalten geblieben ist, der seinesgleichen sucht. Bedanken möchte ich mich auch bei Herrn Toni Ašnbrenr aus Bergreichenstein, der über alle Grenzen hinweg geholfen hat und der heute unter uns weilt." Toni erhob und verbeugte sich. „Alte böhmische Schule", flüsterte ihm sein Sitznachbar Max zu. Der Minister hob seine Stimme: „Als sein oberster Dienstvorgesetzter freut mich natürlich ganz besonders, dass ein Mann unsrer Bayerischen Staatsforstverwaltung, Revierförster Emil Bär erheblichen Anteil daran hat…"

Max Esterl wandte sich an seinen Sitznachbarn:

„Wenn er nicht zum Schluss kommt, dann gehen wir jetzt einfach. Schau doch auf die Uhr, die warten auf uns."

„Geht ihr voran, Max. Er ist doch mein Dienstvorgesetzter, ich trau mich nicht."

„Feige Sau!", flüsterte Max dem Freund das Schimpfwort aus Kindertagen ins Ohr, stand auf und ging, den Toni im Schlepptau. Ging die Reihen der Ehrengäste entlang bis zum Saalausgang, flüsterte seiner Frau, die im Foyer schon dabei war, den Sekt für die Ehrengäste einzuschenken, deren Bewirtung der Karl Klostermann – Verein übernommen hatte, ein paar Worte zu, worauf diese ungläubig den Kopf schüttelte und „das ist aber jetzt nicht dein Ernst“ entgegnete. Ging fröhlich pfeifend die fünfhundert Meter durch die Stadt zum Bräustüberl, wo ihn und Toni schon zwei Schafkopffreunde erwarteten, der Heiner und der Johann.

„Wo bleibt denn der Emil?“

„Wird gleich da sein. Wir können´s ja dem Toni inzwischen ein wenig beibringen, das Schafkopfen, der spielt mit seinen Freunden in Böhmen jede Woche Mariaschen, Heiraten. Der hat das gleich raus.“

Max öffnete seinen Geldbeutel, um das Kartenschüsselchen mit Spielgeld zu füllen. Obendrauf legte er einen alten Silbertaler als Talisman.

„Lass sehen!“ Der Heiner als Finanzbeamter kannte sich mit Geld aus. Auch mit altem.

„Ein Theresientaler!“, urteilte er mit Kennerblick. „Schönes Sammlerstück, aber nicht von großem finanziellen Wert.“

„Mehr von ideellem Wert für mich. Ein Erinnerungsstück.“ Wo er den Taler her hatte, verriet Max nicht.

Die Schafkopffreunde aber wunderten sich, als Emil eine Stunde später zur Runde stieß und fast genau den gleichen Taler auspackte… .

„Auch ein Erinnerungsstück?“, fragte der Heiner.

„Ja“, antwortete Emil, mit einem Seitenblick auf Max, der schmunzelnd ergänzte:

„Eigentlich mehr so eine Tapferkeitsmedaille, die wir uns am Hennenkobel beim Kampf gegen das Böse verdient haben. Sie ist uns praktisch zugefallen… ."

KONEC – ENDE

Nachwort

So viele Forststrassen führen zum Quarzbruch, dass ich nicht alle überwachen lassen konnte. Das halbe Dutzend habe ich darum auf zwei reduziert, die Ortskundigen sollen mir da keinen sachlichen Fehler nachweisen können.

Die handelnden Personen gibt es in Wirklichkeit nicht, ich kenne sie trotzdem alle.

Auch den Schatz der Elise gibt es nicht, sucht nicht danach, liebe Leser. Der größte Schatz des Bayerischen und des Böhmerwaldes ist der Wald selber. Die Romane und Erzählungen von Kar(e)l Klostermann sind ebenfalls Schätze. Diese werden seit Jahren gehoben und den deutschen Lesern zugänglich gemacht durch den Klostermann-Verein.

Ossi Heindl
Zwiesel

Der Karl Klostermann-Verein

Wer sich über Karl Klostermann und Ludwigsthal informieren möchte, dem seien die folgenden Werke des Dichters empfohlen:

- „Böhmerwaldskizzen“, erschienen im Verlag Karl Stutz, Passau, 2. Aufl. 2001
- „Der vollendete Kavalier“, erschienen im Ohetaler Verlag, Riedlhütte, 2009

Sekundärliteratur:

- Häupler, Hans-Joachim, Das Drama von Ludwigsthal, herausgegeben im Selbstverlag, 1982
- Fritz Pfaffl, Die Chronik der Familie Abele, Ohetaler Verlag, 2010, aus diesem Band stammen die historischen Fotos auf dem Titelblatt.

Außerdem freut sich der Klostermann-Verein über jedes neue Mitglied.
www.karl-klostermann.de

Der Autor

Ossi Heindl verbrachte seine Kindheit und Jugend in Zwiesel im Bayerischen Wald. Nach dem Abitur (1970) am Gymnasium Zwiesel studierte Heindl in München Kath. Theologie und Germanistik für das Lehramt. Er verbrachte seine Referendarszeit in Würzburg und kehrte als Religions- und Deutschlehrer an das Gymnasium Zwiesel zurück.

1986 übernahm Ossi Heindl die Schulleitung am Berufsbildungszentrum des Mädchenwerks in Zwiesel.

Heindl ist verheiratet, hat zwei Töcher und (momentan) vier Enkel, denen er möglichst oft Geschichten erzählt.

Seine Leidenschaften sind denen des Max Esterl sehr ähnlich: Schafkopfen, Sport treiben (Fußball, Basketball, Skifahren), Musik, Natur erleben und Lesen, besonders gerne natürlich die Werke von Karl Klostermann. Seit seiner Pensionierung ist bei Ossi Heindl auch noch das Schreiben hinzugekommen.